集英社オレンジ文庫

マイ・ゴースト メンター

新卒3ヶ月目の奇跡

遊川ユウ

本書は書き下ろしです。

マイ・ゴーストメンター

MY GHOST MENTOR

Contents

第一章

#新卒3ヶ月目

……あなたの代わりに働きましょうか？

「犬牧《いぬまき》さんってさ、『あの～』っていうの口癖だよね」

こんな小さなことがきっかけになって、歯車は狂い始めた。

「え？　いえ、あの……」

「あ、ほらぁ、また言った。あなたがうちの課に入ったときから引っかかってたのよ。最初は私の気のせいかなぁーとも思ったんだけど、課の他の子にも聞いてみたら、その子も私と同じこと思ってるみたいだったから……ちょっと気をつけた方がいいかも」

猿渡《さるわたり》課長は事務用椅子《いす》にもたれかかって座り、腕組みをして、棒立ちの私を見上げていた。疲れのせいなのか妙に青白い顔で、紅《べに》が少しはみ出た唇の両端をきゅっと吊り上げ、こけしみたいな上品な微笑《ほほえ》みを浮かべた。

「あの……あ、やばっ、本当だ……。すみません、以後気をつけます」

頭を下げると、「やだぁ、そんな大げさに謝らなくていいって」と笑われた。笑い声に合わせて、椅子の背もたれがギシギシと鳴っていた。五月の連休明けの出来事だった。


大学を卒業した今年の春、就職を機に神奈川の実家から大阪に越して一人暮らしを始めた。新卒で医科大学の事務員になり、配属が学務部学務課に決まったときは嬉《うれ》しくてその場で飛び跳ねそうになった。間近で学生と関われる、私が一番就きたかった部署だったからだ。三週間の新人研修を終えた四月下旬、私は晴れて学務課の一員となった。

時は流れ、入職三ヶ月が過ぎようとしている六月下旬。制服のシャツが長袖《そで》から半袖に変わる、社会人になって初めての夏。

私は働くのが嫌でたまらなくなっている。

「すみませーん、成績証明書を発行してもらいたいんですけど」

学生が学務課のカウンター窓口に来る。窓口に一番近い席にいる私が、率先して対応することになっている。

「では、この申請用紙に記入を……」

こんな定型文みたいな会話でさえ、気が張り詰める。五月に猿渡課長から指摘を受けた口癖のことを、どうしても意識しすぎてしまう。また「あの」って言って、課長に聞かれたらどうしよう。いや、課長だけじゃないんだった。他にも私の口癖をよく思っていない人がいるのだ。それが誰なのか、あのとき課長は教えてくれなかったけど。

「今日中に発行って無理なんですか？」

「すみません。和文でも最短で翌日発行なんです」

「えー」

「明日のお昼以降に取りにきてくださいね」

提出された申請用紙をカウンター下のレターケースに入れようとして、はっと気づいた。お金貰《もら》ってない。

証明書発行にかかる手数料は前払いで、申請用紙に添えて出してもらうことになっている。こんな初歩的なミス、配属直後でもしなかったのに。口癖に気をとられてる場合じゃなかった。

とにかくさっきの学生に連絡を入れなければと、申請用紙に書かれた電話番号を確認する。自席に戻りデスク上の電話に手を伸ばした瞬間、コール音が鳴った。音を聞き分けて外線だと判断するまでに時間がかかり、受話器を取るのが遅れてしまう。

「はい、水都《すいと》医科大学学務課でございます」

『お世話になっております〜。実はうち、九月に家族旅行を計画していまして』

「…………はい？」

間違い電話かな。だけど、よくよく聞いてみると。

『ちょうど一週間分、授業をお休みしなきゃならなくて。そうすると出席数が足りなくなる科目があるでしょう？　どうにかしてもらえないかなーと思って』

相槌《あいづち》を打つ隙《すき》さえ与えない早口で、要件を言われた。大人の女性っぽい声だが、それだけで学生か保護者かの判断はつかない。医科大学には私より年上の学生もたくさんいる。

今まで受けたことのない内容の電話で、どうすればいいか迷ってしまう。ひとまず学年と、いつお休みされるのかを聞いてみる？

「あの、何学年の方ですか」

しまった、また「あの」って言っちゃった。

なんて反省する間もなく、『うちの子は四学年ですっ！』と一段階大きくなった声で即答される。きつい言葉をかけられたわけじゃないのに、なぜか責められているような気持ちになってしまう。

パソコン上でシラバスのファイルを開き、四学年の授業スケジュールを確認する。医学部の授業はほとんどが必修科目だ。学生は自分で時間割を組むのではなく、各学年で決められたスケジュールに従って授業を受ける。初めてシラバスを見たときは空きコマの少なさや夏休みの短さに衝撃を受けた。

そしてうちの大学では学年が上がるにつれ、一つの科目が短期間に詰め込まれて実施される、いわゆる集中講義型の授業が多くなる。

『九月の最終週。行き先はカナダ』

行き先は聞いてないんだけどなと思いつつ、言われた期間の授業を見てみると、一週間で救急の授業が八コマも入っていた。全て休めば当然欠席数オーバーだ。

「恐れ入りますが、出席数が足りないと単位を取得できないということは規程で決まっていますので」

『そこを何とかできないの？　融通《ゆうずう》きかないわねぇ』

「そう言われましても……」

『だいたいね、たったの一週間休んだだけで出席数が足りなくなるなんて、大学の授業スケジュールの組み方がおかしいのよ』

「え……っと、あの……旅行の時期をずらすことはできないんですか？　大学の冬休みとか、春休みとかに」

この電話で二回目の「あの」が口から出てしまった直後、向こうは急に黙り込んだ。もしかして電話を切られたんじゃないかと思っていると、声をうんと低くして『あなた、カナダの名物知ってるの？』と唐突に尋《たず》ねてきた。

「カナダの名物……ええと……あ、メープルシロップとかですか？」

とっさに答えたものの、どうやら彼女の地雷を踏んでしまったようだ。その前に言った「旅行の時期をずらしては？」の提案も含めて失言だったと気づいたのは、彼女の怒声が耳をつんざいた瞬間だった。

『そうよ、楓の木《メープル》よ！　けど、食い意地しかないあなたと違って、私達は芸術として紅葉を味わいに行くの！』

まずい、完全に怒っている。その証拠に、声が最初に電話をかけてきたときとは別人。

自分の心臓の音もどんどん大きくなる。怖い。

『冬休みとか春休み？　はぁ？　そんな時期にどうやったら紅葉を見られるっていうのよ』

「も、申し訳ございま――」

あれ？　どうして謝ろうとしてるんだろう、私。

『あなたなんて、どうせ楽そうだからっていう理由だけで大学の事務員になったんじゃないの？　どうせ今日も定時で帰るんでしょ！』

今日も？　なぜ私が毎日定時で帰っているという前提になっちゃってるの……？

「そういうわけでは」

『楽でいいわね、決められたことを決められたとおりにやるだけで、何を相談されても「こういう決まりですので」で済ますんでしょ。そういうのはね、「楽」というより「思考停止」っていうのよ！』

「いえ、あの……」

あぁもう、だから「あの」って言っちゃダメだってば！

『どうして学生のことを考えようとしないの？　自分さえよければそれでいいのね、あなたは！』

——あぁ……。

何だか、私のお母さんみたい。

近くの席にいる人達が、ちらちらと私を見ている。「今年の新入りはハズレだな」「いつまでたっても役立たず」——そんな心の声が聞こえてくる気がした。

「……あの……っ……」

『もういいわ。楽しみにしてた旅行の計画が潰《つぶ》れちゃった。あなたのせいよ！』

ガシャッ！　と向こうで受話器を叩きつける音がすると同時に、自分の中の何かがまた一つ壊れるのを感じた。

震える手でマウスを操作し、シラバスのファイルを閉じる。そのまま動悸《どうき》が治まるまで、何もできずパソコンをぼんやりと眺めた。モニターの枠の部分に、メモを書いた無地のマスキングテープをいくつも貼ってある。「入試課番号：1016」のような頻繁《ひんぱん》に使う内線番号や、「冊子印刷は《A3→製本→中綴《と》じホチキス》を選択！」という印刷時の操作方法など。

配属直後に貼ったものほど、文字は大きく、やる気に満ち溢《あふ》れている。けれど月日が経《た》ったせいか、今ではテープの端が少し剝がれかかっていたりもする。

夕方、ロビーに設置された学生向け掲示板のところまで行き、掲示物を貼り替えた。途中で手を滑らせて画鋲《がびょう》を床に落としてしまったが、通りかかった白衣姿の学生達が親切にも拾ってくれた。

「ありがとうございます」

「いえいえ！　総合試験の実施通知っていつ頃貼り出されます？」

「え？　ええと、ごめんなさい。私担当じゃなくて……学務課の窓口で聞けばわかるかも」

「あ、そーですよね。あざーっす！」

学生達はロビーを抜けて歩いてゆく。大きな声で冗談と笑いを飛ばし合い、驚くほどゆっくりした足取りで。

「この白衣《ケーシー》、ちょっと値段高《たケ》ーシー」

「でも温《あつた》ケーシー」

「そら、夏やからなぁ」

わっはっは、と大きく身体《からだ》を揺らしながら笑うのを見ていると、何だかこっちまで笑えてくる。いったい何がそんなに可笑《おか》しいのかは、全く理解できないけれど。

学生のこんな姿を見て「可愛《かわい》い」と思えているうちは、まだ大丈夫。ずっとそう信じてきた。

最近は、その信念すら危うくなっているような気がしてしまう。

一時間ほど残業した後、着替えて大学を出たのが午後六時半。先輩職員達の話によると、私が所属するチームの繁忙期は冬で、CBTやOSCE《オスキー》という四学年の試験の準備に追われるらしい。その頃には残業も増え有給も取りづらくなるので「今のうちにいっぱい遊んどきや」と同じチームの先輩からアドバイスされた。

大学のある中之島《なかのしま》から約七分電車に揺られ、自宅最寄りの天満橋《てんまばし》駅に到着する。天満橋エリアは大阪市内にあり、中心に「大川《おおかわ》」という川が流れている水の都だ。都会だけど人でごった返すほどではなく、可愛いカフェやスイーツのお店がたくさんある。住み始めた頃は嬉しくて毎日のように色々な場所を歩き回ったっけ。

駅から自宅の賃貸マンションまでの道中に、一軒の小さなケーキ屋がある。ガラス戸越しにショーケースを眺めながら通り過ぎる度、今の自分は恵まれているのだろうなと思う。自分の希望する仕事に就けて、ブラックな職場でもなくケーキ屋が開いている時間に退勤できるのだから。

それなのに、保護者からのたった一本の電話で打ちのめされるなんて情けない。頑張らないといけないことはわかっている。けれど、頑張り方がわからないのだ。

「仕事行きたくない……」

帰宅してすぐ、日の入り前でも薄暗い部屋の電気をつけ、今朝床に脱ぎ散らかしたパジャマが目に入った瞬間、私はそうつぶやいた。今日の仕事が終わったばかりなのに、既《すで》に明日の仕事を思い浮かべて憂鬱《ゆううつ》になっている。しかもまだ月曜日だ。

「宝くじとか当たったら、今すぐ仕事辞められるかな……」

学生時代は宝くじなんて買おうと思ったこともなかった。当たる確率がどれくらいなのかが気になりスマホで検索してみたところ、絶望的すぎる数字しか出てこなくて、いつの間にか検索する対象が「宝くじ」から「開運」や「パワースポット」へと変わっていった。もはや神頼みしかないという気持ちの表れなんだろうか。

床の上にあぐらをかき、三十分くらいネットの海を漂っていると、あるサイトに流れ着いた。全国の神社仏閣を検索できる情報サイトだった。

「今度のお休み、どこかにお参りに行ってみようかな。遠出する体力は残ってないと思うけど」

試しにメニュー画面で「御利益《ごりやく》から検索」、続いて「仕事運」を選択してみる。

一瞬で画面が切り替わり、該当《がいとう》する神社の一覧が表示された。画面をスクロールして色々見てみようかとも思ったけれど、そうするまでもなく一番上にある神社の写真が目に留まった。赤い鳥居と、それ以上に真っ赤な紅葉が絵のように美しかった。

名前は「初音紅《はつねこう》神社」というらしい。

「けど、今六月だからさすがに紅葉は見られないか。場所は……わ、遠い。北海道だって」

どうやら北から順に表示される仕様になっているらしい。興味本位で神社の公式サイトにアクセスしてみる。綺麗《きれい》な紅葉が目を引く以外はごく普通の神社のようだったが、一つだけ少し変わったサービスがあった。

【専用アプリを使って、無料オンライン参拝も！】

オンライン？　無料？　参拝ってお賽銭《さいせん》なしでもできるのだろうか……。

つべこべ言いたくなる気持ちをぐっと抑え、ここまできたら一度やってみようとアプリをダウンロードしてみた。スマホの画面に鳥居の絵が描かれたアイコンが表れる。起動すると、オンライン上でおみくじを引いたり、絵馬に願い事を入力したりできるようになっていた。

願い事、何て書こうか。仕事に御利益のある神社らしいから、仕事関係の願いがいい。

お賽銭も絵馬代も出していないけど、大切なのは気持ちだ。

仕事に対する私のありったけの想いを込めて――

【　私の代わりに働いてくれる人が現れますように　】

うわぁ……私、醜《みにく》い。

ダメ人間丸出しだけど、これが今の自分の本音に間違いなかった。何をやっても上手《うま》くいかない日々が続くうちに、入職時のやる気はすっかり消え失せた。今はただ、失敗したくない、叱《しか》られたくない、だから窓口に立ちたくないし、電話も出たくない。毎日そんなことばかりを考えている。

夜、膝《ひざ》を抱えてお風呂に入りながら、また「仕事行きたくない」とつぶやいた。

いつからだろう、「したいこと」より「したくないこと」の方が多くなったのは。

*

翌朝、重い身体を引きずって家を出ようとしたところで、事件が起きた。

《あなたの代わりに働きましょうか？》

突然、聞き覚えのない男性の声がしたのだ。

私はまだ部屋の中にいる。手は玄関のドアノブを握っているけど、扉を開けてはいない。じゃあ、この声はどこから聞こえたの？　声の主《ぬし》は部屋の中にいる？　まさか私の知らないうちに侵入して――

「キャ――――っ！」

部屋を飛び出し、鍵をかけるのも忘れてマンションの非常階段へと走った。

《鍵をかけないと危ないですよ》

「いや、もう十分危ない目に遭《あ》ってるから！」

おかしい。非常階段を駆け下りている間も、声はずっとつきまとってくる。なのに、声の主の姿はどこにも見えない。

《危ない目って……ああ、俺のことですか》

「それ以外に何があるっていうのよ」

《安心してください、俺は怪しい者ではありません》

「それを言うなら私だって…………ストーカーされるような魅力のある人間じゃありませーんっ！」

あぁ、自分で言ってて悲しくなってくる……！

私の自虐《じぎゃく》具合が可笑しかったのか、謎の声は「ははっ」と笑った。ストーカーには似つかわしくない、腹が立つほど爽《さわ》やかな笑い方だ。

とにかく警察を呼ぼうと通勤用のショルダーバッグからスマホを取り出すが、

「何これ？」

私は自分の目をこすった。スマホの画面に一件の奇妙なポップアップ通知が現れていたのだ。

【　初音紅神社より通知：通信が開始されました　】

通信？　何のこと？

よくわからないが、昨日ダウンロードした神社アプリからの通知であることは間違いない。スマホのロックを解除し、アプリ一覧の画面に移る。画面上に並ぶアイコンの中から神社アプリを探そうとして、気づいた。神社アプリのアイコンの絵が変化している。昨日は鳥居のマークだったのが、赤いモミジの葉に変わっている。

さらに。
《とにかく落ち着いて、一度話を聞いてもらえませんか？》
謎の男性の声は、確かにスマホの中から聞こえてきていた。
《あなたと同じです。俺も願い事をしたんです、紅葉の見えるあの神社で》

何が何だかわからない。けれど、刻々と時間は過ぎていく。出勤しないわけにはいかない。入職後三ヶ月は試用期間で、まだ有給が与えられていないのだ。
一旦戻って部屋の鍵をかけた後、最寄り駅までの道を急いだ。その間、ずっとスマホから彼の声が聞こえていた。
《俺はオンラインではなく実地で参拝しました。普段はこぢんまりした公園みたいな神社ですが、紅葉シーズンは公式サイトの写真以上に絶景なんですよ。モン・トランブランにだって負けていません》
「も、もん、とら……？」
《カナダの紅葉スポットです》
カナダという言葉だけで昨日の電話がフラッシュバックしそうになるが、今はそれどころではない。私、仕事が苦しすぎて、ついにどこかが壊れてしまったんだろうか。この声は幻聴、いや私の妄想の産物か。しかも結構かっこよさそうな声だし。

《ですが景色に見とれすぎて、ぼんやりしていたのがいけませんでした。神社を出てすぐ、信号を確認しないまま道路を渡ってしまったんです。自分に向かってくるトラックに気づいたときには、時既に遅く……》

「ちょっ、ちょちょちょちょ、ちょっと待ったー！」

話が急展開すぎて、口を挟まずにはいられない。

「じゃあ、あなたは幽霊ってこと？」

《そうなりますね》

どうしよう。私の単なる妄想にしては、話が複雑になってきている。

困り果てていると、声の主は彼が亡くなってから私と出会うまでの経緯を説明し始めた。

《その後は永遠のような「無」の時間を過ごしました。何も見えず、聞こえない。けれどあの世に来たという実感もない。死んでから何日経ったかもわからなくなったとき、突然あなたの声が聞こえてきたんです。「私の代わりに働いてくれる人が現れますように」と。そして俺は答えた、「あなたの代わりに働きましょうか？」――もしかすると同じ神社で願い事をしたのがきっかけで、俺達は繋がったのかもしれません》

「繋《つな》がった、って……？」

とにかく、電車に乗ったら一度落ち着いて考えよう。そう思いながら最寄り駅前の横断歩道を渡ろうとしたとき、突然彼が「危ない！」と叫んだ。

《信号、赤に変わりそうです》

「え？　わっ……とと！」

考え事をしていて全く気づいていなかったけど、確かに歩道側の信号が点滅している。慌《あわ》てて足を止めると同時に、信号は赤に変わった。直後、車道側の信号が青に変わり、目の前を車が次々と横切った。

《よかった。もう少しで俺と同じ目に遭うかもしれなかった》

「……あ、ありがとう」

彼にお礼を言いながらも、微《かす》かな違和感があった。どうして彼、信号が点滅しているとわかったんだろう。

頭がクラクラしてきて膝に手をついていると、今度は「靴紐《くつひも》、ほどけてる」と指摘された。前かがみになった私の目の前で、片方のスニーカーの紐がだらりと地面の上に垂れていた。

さらに紐を結び直している最中にも、

《あ。そこで二重になるように結んだ方が、ほどけにくいですよ》

さっき彼は、同じ神社で願い事をしたのがきっかけで私と繋がったのだと言った。半信半疑だったけど、こんな風に助けられたらさすがに信じざるをえない。

そしてどうやら彼と私の繋がりは、ただ会話ができるだけではないらしい。

「私の姿が見えるの？」

《いいえ。ですが、おそらく今俺には「あなたの視界に入るもの」が見えています。そして「あなたの耳に入る音」も聞こえている》

なんてことだろう……。

歩道側の信号が青に変わる。急いで駅に入り、中之島方面行のホームへと階段を駆け下りる。いつもと同じ時間の電車に間に合ったはいいが、空席は先に乗り込んだ客達で埋まってしまった。私は大きく息をついて吊り革をつかむ。

彼に聞きたいことは山ほどあるけど、今は話しかけるわけにはいかないなと思った。車内は静かだ。座っているか立っているかにかかわらず、朝の電車は一人の時間を過ごしている人がほとんどだった。寝ていたり、スマホを触っていたり。

こんな中で彼に話しかけでもしたら、確実に他の乗客から怪しまれる。話の続きは、周りに人がいなくなってから——

《さっきの話の続きなのですが》

っておーい！

彼の声は決して大きくなかったが、ガタゴトという車輪の音しか鳴っていないこの空間では、十分に目立っていた。

「ちょっ……」

なんとかして黙らせなければと思ったけれど、様子がおかしい。彼の声は相変わらず私の鞄《かばん》の中――おそらくスマホから聞こえてきたが、周りの乗客達は全く反応しなかったのだ。

《へぇ。どうやら、俺の声はあなたにしか聞こえていないようですね》

（この状況でどうしてそんなに能天気なのよ、あなたは……！）

彼が驚きもせず分析を始めたので、思わず心の中でツッコミを入れてしまう。すると、なぜか彼が突然「ははっ」と笑ってこう言った。

《トラックに撥《は》ねられたことと比べれば、何が起きても能天気でいられますよ》

今、私は声を出さなかったのに、会話が成立した？

まさかとは思いながら、私は心の中で彼に向かって言った。

（私、犬牧灯子《ともこ》といいます）

続けて、

（あなたの名前は？）

《それが、生前の自分の素性《すじょう》を全く思い出せないんです》

思ったとおりだった。私が声に出さず心の中で話しかけても、彼には通じる。

（素性を思い出せない？　トラックに撥ねられたことは覚えてるのに？）

《はい。事故に遭う直前に初音紅神社で願い事をしたのも覚えています。ただ、自分の名前や身元についての一切が記憶になくて》

彼の声も、私の心の中の声も周りの人には聞こえないので、私達は誰にも気づかれないまましばらく会話を続けた。

自分の素性について何も思い出せないという彼だけど、亡くなったときは何歳くらいだったんだろう。話している雰囲気から想像するしかない。若者みたいによく笑うが、落ち着いた大人っぽい声だ。それでいて話し方ははきはきと歯切れがいい。私よりは年上かな。何だか賢そう。

そう思うと、今更ながら重大なことに気づいてしまった。

（す、すみませんっ。ずっとタメ口で話しちゃってて。しかもそっちは敬語なのに）

前に猿渡課長から、話し方が子どもっぽいと注意を受けたこともある。すぐに「あの……」と言ってしまうだけでなく、敬語で話すのも大の苦手なのだ。

しかし彼はというと、また「ははっ」と軽やかに笑うだけだった。

《別にいいですよ、敬語じゃなくても。仕事の付き合いじゃないですし》

（本当？）

思えばついさっきも、死んでしまった人に対して「どうしてそんなに能天気なの」なんて言ったのは失礼だった。仕事に限らず、私は子どもの頃から何かと失言をしてしまうところがある。けれど、彼は笑って聞き流してくれた。

何だか凄《すご》くほっとする。話しやすい。

（じゃあ、敬語は使わない。その代わり、あなたも敬語なしで話してほしい）

《わかった》

（あと、あなたのことは何て呼べばいい？）

《灯子さんのセンスに任せるよ》

と言われても、素性がわからないんじゃ呼び名を考えようもない。迷った末、神社アプリのアイコンを思い出して言った。

（アイコンの絵が紅葉《こうよう》だったから、こうよう、くれは……あ、「紅葉《くれは》おじさん」は？）

《何かのシチューのキャラクターみたいだから却下だな》

（じゃあ、「紅葉《くれは》さん」で！）

目的の駅まであと少しとなったところで、紅葉さんが尋ねてきた。

《灯子さんは大学卒業したて、新社会人ってところか？》

どうして私の歳《とし》がわかったのだろうと思った瞬間、電車の窓に映る自分の姿に気づいた。中之島線は地下道を走っていて、外は真っ暗。窓ガラスには車内の様子がくっきりと映っている。私の視界に入るものは紅葉さんにも見えるので、窓に映った私の外見からだいたいの歳を推測したのだろう。

私はちゃんと「大人」に見えているだろうか。カラーもパーマもしていない、センター分けのセミロングヘア。少しでも大人っぽく見えるように、学生時代のぱっつん前髪をやめて伸ばし始めたけど……こういう窓や鏡にふと映る自分の顔はいつも不安そうで、一向に社会人の貫禄がつかない。

職場最寄りの中之島駅に着く。改札機に定期券を通しながら、ふと、タメ口で人と会話したのなんていつ以来だろうと思った。それに、電車に乗りながら誰かと会話したのも。こんなの、どちらも学生時代は毎日当たり前みたいに思っていたのに。

中之島は、大川が下流で堂島川《どうじまがわ》と土佐堀川《とさぼりがわ》に分かれて作っている中州《なかす》だ。江戸時代は蔵屋敷が集まり、当時「天下の台所」と呼ばれた大坂の中枢《ちゆうすう》を担《にな》った場所らしい。今ではバラ園で有名な公園の他、図書館や科学館、中央公会堂といった文化施設、ショップやレストランの入った複合商業施設など、魅力的なスポットが集まっている。

中州から眺める川の向こう岸には、マンションやオフィスビルが立ち並ぶ。川沿いを少し歩き、橋を渡って中州を出たところに勤務先の「水都医科大学」がある。

職員用の狭い通用口から建物に入り、棚の上に設置されたレコーダーに職員証を通す。いつもと同じ八時半。始業三十分前。

《医科大学……まさか灯子さん、医者とか？》

（まさか。事務員だって。制服あるから、始業までに着替えなきゃいけないし）

後から来たスーツ姿の男性職員が、私を追い抜いて颯爽《さつそう》と歩いてゆく。男性には制服がないので、出勤後に着替えなくてもいいのは少し羨《うらや》ましい。女子更衣室へと続く通路を歩いていると、紅葉さんが急に声を低めて言った。

《一つ頼みがある》

（何？）

《制服には着替えないでくれないか》

（……はい？）

いやいや、着替えないと仕事できないでしょ！　と言いたかったけれど、さっきまでと違って戸惑いまくっている声の様子から、事情はわかった。紅葉さんには私の視界に入るものが見えているから、このまま更衣室に入ったら女性職員の着替えているところが見えてしまうのだ。

更衣室の扉の前で足を止めた。後ろから歩いてきた職員が、不思議そうに私を追い越して中へと入っていく。どうすればいいんだろう。目隠しして部屋に入り、着替えを済ませるなんていう芸当は私には無理だ。

《スマホで神社アプリを操作してみてくれないか》

私達を繋いでいるのは間違いなく神社アプリだと紅葉さんは言った。何らかの操作をすれば一時的にこの通信を断てるのではないか、と。

スマホには神社アプリからのポップアップ通知が表示されたままだった。よく見ると通知の端に、詳細を表示させるための「∨」ボタンがついている。

プッシュすると通知の枠が拡大され、追加の説明が現れた。

【 アイコン長押しで通信ＯＮ・ＯＦＦ切り替え 】

「……あっ！」

半信半疑のままアイコンを数秒間長押ししたところ、アイコンの絵がモミジの葉から鳥居に――昨日ダウンロードした直後と同じ状態に戻った。

（紅葉さん、何か変わったところはある？）

心の中で問いかけるが、紅葉さんから返事はなかった。通知に表示された説明のとおり、今の操作で通信が一時的に断たれたようだ。

もう一度アイコンを長押ししてみる。再びアイコンの絵が変わり、スマホから紅葉さんの驚く声が聞こえてきた。

《今、一瞬通信が切れたのか？》

（うん。アイコンを長押ししたら絵が変わって、それで通信が切れたり復活したりするみたい）

《ということは、灯子さんの意思で一時的に通信を切ることもできるんだな》

ひとまず無事に着替えられそうで、ほっとした。着替えだけじゃなく、トイレに行くときなども忘れずアイコンを切り替えておかないと。

（じゃあ、もう一度通信を切るからね）

アイコンを長押ししようとしたが、その前に紅葉さんが言った。

《着替えて更衣室を出たら、また通信を復活させてくれないか》

（え？）

《最初に言っただろう、「あなたの代わりに働きましょうか？」って。これも何かの縁だ》

（まさか本当に、私の代わりに働いてくれるってこと？）

だけど、いったいどうやって。

色々と聞いてみたい気持ちでいっぱいだが、始業時刻が迫っている。とりあえず「わかった」とだけ返事をして通信を切った。

更衣室に入ると、数列並んだ個人ロッカーの前で、女性職員達がひしめき合うようにして着替えていた。人より出勤が早すぎたり遅すぎたりして浮くことを恐れてか、皆同じくらいのタイミングで来るため、この時間はいつも人が多い。私のロッカーは一番奥にあり、着替えている人達の間を縫《ぬ》っていかなければならない。

あぁ、働きたくないな。

神社アプリの絵馬に書いた「私の代わりに働いてくれる人が現れますように」という願いを、紅葉さんは叶えると言ってくれているけど……。

そういえば、紅葉さんも亡くなる直前にあの神社で願い事をしたと言っていた。彼はいったい何者なんだろう。そして神社で何を願ったんだろう。

水都医科大学は医学部のみの単科大学だ。敷地内にはいくつかの棟があるが、今私のいる建物がメインとなる教育研究棟で、学生や職員からは「学舎」と呼ばれている。低層階には講義室や実習室が配置され、高層階には各講座の研究室が集まっている。

私の職場にあたる事務室は二階の一角にある。更衣室を出て通信を復活させ、スマホはスカートのポケットに入れた。制服のスカートはよくある黒の膝丈だが、裾《すそ》が少し揺れるデザインになっている。チェック柄のベストや白いスカーフ付きのシャツも含め、女性職員の間では「可愛い」と「ガーリーすぎて嫌だ」に意見が二分している。

課内の朝礼後、パソコンで学生向けの掲示物を作成しながら、心の中で紅葉さんに尋ねてみた。

（紅葉さん、さっき通信を切る前に、私の代わりに働いてくれるって言ったよね）

《ああ、そうだ》

（……無理じゃない？　そんなの）

現に私は、いつもどおりパソコンのキーボードを叩いている。入職三ヶ月が過ぎようとしているのにタイピングがたどたどしく、他の人達がキーを叩いている音を聞くと速すぎてぞっとしてしまう。だからといって、紅葉さんに代わりに入力してもらえるわけでもない。

《確かに、全部の仕事を灯子さんの代わりにすることはできないな。でも例えば……》

紅葉さんの話を遮《さえぎ》るかのように、電話が鳴った。昨日の保護者からの叱責《しっせき》を思い出してしまったが、今鳴っているのは内線のコール音だった。悪い要件ではありませんようにと祈りつつ、受話器を取る。

「はい。学務課の犬牧です」

『ちょっとぉー、どうなってんの？　学生が誰も来ないんだけど！』

「え？」

電話をかけてきたのは二学年の免疫《めんえき》学の授業を担当している先生だった。授業をしに講義室を訪れたが、人っ子一人いないため慌てて備え付けの電話から学務課に連絡を入れたとのことだ。

『昨日は学会があってへとへとだったのに、夜遅くまで授業の準備したんだよ？』

「ええと……」

どうしよう、声が完全に怒っている。授業に関する先生からの問い合わせは学務課が受けることになっているけど、こんなトラブルは初めてだった。

ひとまず昨日と同じく、パソコン上でシラバスのファイルを開いて二学年の授業スケジユールを確認した。すぐに先生が授業の日時を間違えていることに気づいた。免疫学の授業は今日ではなく明日だ。

「あの、おそらく日時を間違えて——」

正しい日時を伝えようとしたとき、突然スマホから紅葉さんが声をかけてきた。

《一度保留にしろ》

(え、どうして?)

《いいから、早く》

先生と違って声を荒げているわけではないのに、紅葉さんの声は先生よりずっと力強い感じがする。ここは一度、彼を頼ってみようか。

「確認いたしますので、少々お待ちください」

保留ボタンを押した後、心の中で紅葉さんと相談する。

《あまり待たせるわけにはいかないから、端的に言う。相手が勘違いで怒っているとき、いきなり間違いを指摘するのはやめた方がいい。そんなことをすれば、向こうは自分が責められていると思ってますます怒ってしまう。火に油を注ぐようなものだ》

言いたいことはわからなくもなかった。けれど、この状況で向こうの間違いを指摘しない限り、授業の正しい日時を伝えられないんじゃないだろうか。

受話器を持ったまま固まっている私に、紅葉さんは指示を出した。

《ベストなのは「相手が勘違いした原因」を突き止めて、さりげなくフォローを入れることと……相手に非はないことを示してやるんだ。シラバスの授業スケジュールをよく見ろ。免疫学の授業は基本的に毎週火曜実施なのに、今週だけが火曜じゃなくて水曜だ》

（あ……）

それで先生は勘違いしたのか。そういえば、今日二学年は解剖体慰霊《いれい》祭の行事で学外に出ていると、担当の職員が朝礼で言っていた。

「お待たせしております。恐れ入りますが、本日二学年は行事で学外に出ているため、今週に限り免疫学の授業は水曜日になっていまして」

『えぇーっ！　何だよそれ、聞いてないよ！』

「シラバスのスケジュール上には記載していたのですが、表記がわかりにくくて申し訳ございません」

『何、シラバスには書いてあんの？』

声がぴたっと止まり、代わりに紙をめくる微かな音が受話器から聞こえてくる。おそらく講義室に置かれたシラバスの冊子を見ているのだ。

『うわ、本当に書いてる！　でもこんなに小さく書かれたんじゃ、見逃して当然だよ～』

紅葉さんのアドバイスのおかげか激怒こそされなかったものの、先生の声はまだ不機嫌そうだった。怯《おび》えて何も言えずにいると、私の心境を察したように紅葉さんがまた声をかけてくる。

《相手のネガティブに引きずられるな。コミュニケーションにはある意味、鏡のようなところがある。現に今、灯子さんは先生に引きずられるようにネガティブな気持ちになりかけているだろう。だけど、それだと相手の不機嫌はいつまでも収まらない。相手が不機嫌なときこそ、共感を示しつつも、落ち着いて前向きな言葉をかけた方がいい》

確かにそうかもしれない。一度落ち着こうと深呼吸している間に、先生が受話器の向こうでまた不機嫌な声を漏らした。

『こんなわかりにくい書き方されたんじゃ、他の先生達だって間違えちゃうと思うよ』

この状況で前向きな言葉なんて……と思っていると、紅葉さんが今度は突然、

《ご迷惑をおかけし、申し訳ございません。ご指摘ありがとうございます》

そう言った後すぐ「早く、復唱」と促《うなが》してくる。私は慌てて、彼の言葉をそのまま先生に伝えた。

『そもそも授業が今週だけ別の曜日になるっていうのがややこしい』

「そうですね。授業スケジュールの組み方にも問題があったかもしれません」

『……』

「今後このようなことのないよう、授業の組み方等について課内で検討させていただくということでご了承いただけませんか」

紅葉さんは電話を聞きながら先生への返答を出し続け、私は舌がもつれそうになりながらも彼の言葉を復唱した。先生の様子に明らかな変化があった。最初はあんなに怒っていたのに、話が進むにつれ落ち着いていく。紅葉さんが先生からの指摘を「クレーム」ではなく「ご意見」と前向きに受け取り、改善の意向を示したからだろうか。

『いやぁ、事務局も色々と忙しいとは思うけど、頑張ってね』

最後は私への激励ともとれるような言葉を言って、先生は通話を切った。受話器を置いたとき、向かいの席の人と目が合った。珍しくこじれなかったんだなと言わんばかりの興味津々《しんしん》な表情を浮かべられ、思わず目を逸《そ》らしてしまう。先生の怒りを抑えることには成功したけど、途中から自分で話している気がしなかった。まるで紅葉さんが電話を交代してくれたみたいな。

（私の代わりに働いてくれるって、こういうこと？）

《ああ。俺は灯子さんの身体を乗っ取っているわけではないから、全てを代わりにすることはできない。でも、様子を見ながら指示やアドバイスを出すことはできる。それと――

さっきから気づいてたんだが、その文書、日付と曜日が合ってないぞ》

（え？　どこ？）

電話で中断していた文書作成に戻ったとたん、紅葉さんから指摘を受けた。作っていたのは、二学年に実習の説明会を通知するための掲示物だ。説明会の日時と部屋、持ち物等を記載している。

デスク上の卓上カレンダーと見比べたところ、確かに日付と曜日がずれていた。日付は九月十日で合っているが、曜日を間違えて記載している。

（どうして間違えたんだろう……あ！）

卓上カレンダーをぱらぱらめくっていて、気づいた。

（私、月を見間違えてた。八月十日の曜日を書いちゃってた……）

紅葉さんがまた彼独特の「ははっ」という軽やかな笑い声を上げ、こう言った。

《よければ俺が一から文面を考えようか？》

彼の指示どおりに文字を入力すれば、代わりに書類を作ってもらうのと同じようなものだ。

凄い。本当に絵馬に書いた願い事が叶っている。私を助けてくれる人が現れた。

《灯子さん。一緒に働いている人達を紹介してくれないか》

（りょ、了解です！）

紅葉さんに促されるがまま、私は彼に見せるように事務室内を見渡した。

事務室内には複数の部署が集まっていて、カウンター窓口の後方に各部署の島が並んでいる。一つの島は机十～十二台。向かい合わせで二列に並んでいる。部屋の端から二つ分の島が、私の所属する学務課の席にあたる。

（一つ隣が入試課、それから研究推進部、総務部、経理部……）

《ここが大学のメインの事務室なのか》

（一応そうなるかな。学生や先生と直接関わることが多い部署が集まってる感じ）

紅葉さんの質問が、学務課配属初日に私が主任にした質問と全く同じだったので、思わず笑ってしまいそうになる。

（学務課のメンバーは二十人以上いるから追々《おいおい》紹介するけど、同じチームの四人のことだけ今言っておくね。私の向かいに座ってるのが兎月《うつき》さん。一緒に窓口業務をすることも多いんだけど、今年度一杯で退職なの）

《今年度まで？　四十歳くらいにしか見えないし、定年はまだ先じゃないのか》

（派遣職員なんだよ。今年で三年目。異動するなら同じ大学で働けないこともないみたいだけど）

　彼女は三人の子どもを育てるママでもあり、毎日退勤後に保育園までお子さんを迎えに行っている。帰りが遅くならないよう、ちゃっちゃと仕事をこなす姿を見ていると、凄いなぁと感心する。私なんて仕事だけでもいっぱいいっぱいなのに、家庭と両立なんて考えられない。

（私の二つ隣が猪谷《いがや》さんで、その隣が牛尾《うしお》さん。猪谷さんの入職と牛尾さんの異動が同じタイミングだったから、二人は同期みたいに仲良しだよ）

　ちなみに年齢は猪谷さんが今年で二十六歳、牛尾さんは二十九歳。私も含め二十代女性三人で昼休憩を一緒に過ごすことが多い。最近のランチタイムは婚活に目覚めた猪谷さんが近況をまめに報告し、婚活勝者かつ新婚ほやほやの牛尾さんがアドバイスし、男性と付き合ったことすらない私はひたすら二人の話を聞いて勉強させてもらっている。

（それと、もう一人）

　さっき紅葉さんに言われて修正した文書を印刷し、決裁用紙と共にクリアファイルに入れて立ち上がった。島の一番奥、私の席の対角にあたる人物のところへ持っていく。

「木虎《きとら》主任、実習説明会の通知です」

　デスク上の木製の決裁箱にファイルを入れると、木虎主任は振り向きざまわずかに微笑んで「ああ」と短く返事した。

（この人が私達のチームリーダー）

《いかにも優男って感じだな。若そうだけど、主任なりたてくらいか？》

（ええ。去年二十代ギリギリで昇進したって、猪谷さん達が言ってた。今年三十歳かな）

下っ端の私に対しても全く偉ぶっていなくて、いつも物腰柔らかな木虎主任。部下を怒るところは一度も見たことがないし、見た目からして怒ったところを想像できない。さらさらの柔らかそうな黒髪とか、微睡《まどろ》んでいるような切れ長の目とか。

「ありがとう。後でチェックしとく」

物静かだけど、口を開けば京都弁のイントネーションではんなり話す。癒《いや》しの極みだ。

（今紹介した四人が同じチームの先輩達。チームでの業務は主に一〜四学年の授業と実習に関すること）

《灯子さんの隣の人は、今日休みなのか？》

自席に戻ったところで紅葉さんが質問してきた。私と猪谷さんの間にある席には、今誰も座っていない。説明するのをすっかり忘れてしまっていたが、彼について紹介することはできない。一度も会ったことがないのだから。

（この席の人、体調崩して休職中らしいの。本当なら私と同じチームで一つ上の先輩にあたるんだけど……。去年彼がやってた業務を、今年は私がやってる）

《引き継ぎなしで大変じゃないか》

（大変だよ。だけど彼、記録とか細かく残してくれてるから）

辰見《たつみ》さんという男性で、今年の四月に入ってすぐ、突然体調を崩し出勤できなくなったという。私が研修を終えて学務課に配属されるのとほぼ同じタイミングで休職に入った。最初は一ヶ月だけ休むと聞いていたのだが、復帰予定だった五月を過ぎても彼は来ず、今も休職が続いている。

辰見さんが去年管理していた業務記録保管用のチューブファイルには、作成した書類はもちろん、業務上注意すべき点を記載したメモや、関係者とやり取りした際のメール文面を印刷したものまで、きっちりと綴じられてある。

真面目な人だったんだろうなと思う。体調不良の詳細は一部の人にしか知らされていないようだが、更衣室で「仕事抱え込みすぎたんでしょ」と噂《うわさ》されているのを一度耳にしてしまった。

彼のデスク上から書類やファイルはほとんど取っ払われてしまい、今残っているのは電話とパソコン、そしておそらく私物である手のひらサイズのキツネの置物。前足をそろえて座り、長いしっぽがピンと立っていて可愛い。こういうのが好きなんだろうか。あるいは誰かから貰ったのだろうか。本人に聞いてみたいが、聞けるはずもない。毎日慌ただしく業務に追われながらも、ふと隣の空席が目に入るといつも胸が痛くなる。

「犬牧ちゃん、時間そろそろじゃないの？」

「え……あ！」

デスクで作業を続けていると兎月さんに声をかけられ、一学年が心理学の試験中だったことを思い出した。試験終了時刻が迫っている。

各科目の試験については基本的に教員が監督を行うが、用紙の配付や回収は事務員が補助に入ることもある。試験終了直前の講義室に入ると、一学年百二十名のうち残って試験を受けている学生は十名ほどだった。試験開始後一定の時間を過ぎれば、解答が終わった学生は問題冊子と解答用紙を裏返して各自の机に置き、退室していいことになっている。

「時間になりましたので、解答をやめてください」

試験が終わり、学生が全員退室した後、私は机の間を巡りながら問題冊子と解答用紙を回収していった。記述式の試験だったらしく、解答用紙の裏までびっしり書かれている答案もあれば、ミミズの這《は》うような文字で「ごめんなさい。再試がんばります」とだけ書かれているものもある。

用紙を回収しながら、心の中で紅葉さんと少し話をした。

（紅葉さんは初音紅神社で何を願ったの？）

《それも思い出せないんだ。紅葉が見ごろの時期に参拝したということは覚えているんだが……》

ただ、あの神社が自分にとって身近な場所だったことだけは何となく覚えていると、紅葉さんは言った。

(じゃあ、北海道に住んでたのかもしれないね)

《そうだな。……灯子さんは？　関西出身という感じじゃないな》

(うん。就職を機に実家のある神奈川から越してきたの)

さらっと答えたつもりだけど、内心ビクビクしていた。実家のことに深入りされたくないからだ。

実の両親と一緒に暮らすのが苦しすぎて、母親の束縛を振り切り、逃げるように家を出てきた——なんてことは言えない。紅葉さんだけじゃなく、誰にも言えない。私の家の事情なんて、聞かされる方も反応に困るはずだ。

回収した用紙の枚数を数え、全員分あることを確認した後、試験監督の先生に渡した。

事務室の自席に戻り、パソコンを開くと一通のメールが届いていた。

学務課　木虎主任（ＣＣ：犬牧さん）

二学年の早期臨床体験実習の受け入れについて、
南里《みなみさと》病院のコンセンサスを得ました。
つきましては、アサップで先方と打ち合わせを行い、
実習のフロー等についてお伝えください(*・ω・*)b

消化管外科　熊野《くまの》

これは宇宙語？　暗号？？

メールの差出人は二学年の実習オーガナイザーを担当している先生だ。こんな感じで小まめに連絡をくれるとてもいい人なんだけど、メールはできるだけ日本語で書いてくれませんかと言いたくなる。あと顔文字が絶妙に可愛い。

（紅葉さん、アサップって何のことかわかる？）

《As Soon As Possible ——「できる限り早く」。その病院で余裕をもって実習の準備ができるように、できるだけ早く打ち合わせをしてこいってことだろう》

一瞬でも「童話の名前だっけ……」と考えてしまった自分が恥ずかしくなるけど、紅葉さんは即答だった。電話対応のときといい、きっと生前は仕事ができる人だったんだろうな。

いつもは永遠のように長く感じられる勤務時間が、今日は少しだけ早く過ぎてゆくようだった。一日の勤務を終え、更衣室で着替える前に紅葉さんにお礼を言って、神社アプリの通信を切った。

大学を出て、中州へと渡る橋の上を歩いた。タイル柄の歩道をゆく人通りはまばらで、時折吹く生ぬるい風が磯《いそ》の香りを運んでくる。大きく深呼吸をしながら、今日はいつもより平和だったな、と思った。

いや、紅葉さんのことはもちろん衝撃的だったけれど、これまで毎日のように続いていた仕事でのミスや失態に比べれば、私にとっては幽霊と出会う方がよっぽど平和だった。それに彼の指示どおりにしていたおかげで、今日は仕事で失態をおかさなかった。周りに迷惑をかけることも、猿渡課長を怒らせることもなかった。

これからも紅葉さんに助けてもらえば、平和な日々が続くのだろうか。それならいっそ、任せられることは全部任せたい。その方がずっといい。

私が自分で考えて、判断して——それで上手くいかなくなるよりも、ずっといいんだ。

＊

紅葉さんと出会って四日目になる金曜日。全身に電流が走るような出来事が起きた。

「犬牧、議事録書くの速くなったな」

木虎主任が、自席の椅子に座ったまま くるっと身体をこちらに向けて言った。振り向きざま、ほのかに石鹸《せっけん》みたいな香りが漂う。柔軟剤かな。香水とかつけそうなタイプじゃないし。

などと思っていると、さらに、

「内容も凄くわかりやすいし、言うことなしやわ」

「……へ？」

まさか、褒められている？　この私が。彼氏いない歴イコール年齢であることに加え、たぶん「褒められたことない歴」も年齢と同じくらいであろう、この私が……！

とっさに反応できず固まっていると、主任は少し困ったように「俺、何か変なこと言ったやろか」と首をかしげた。はんなり京都弁で。

《議事録の文面考えたのは俺だからな》

と、スカートのポケットに入れたスマホから、紅葉さんの声がする。もちろん聞こえているのは私だけなんだけれど。

　木虎主任にお褒めいただいたのは、昨日開催された会議の議事録だ。医科大学の会議は夕方以降の開催が多い。参加者の多くは大学の先生であると同時に、日中は隣接する附属病院で働く医師でもあるからだ。昨日は定時後に一つ会議があり、終了後、片づけを終えて大学を出たのが夜の九時頃。今日朝一で議事録を書き始め、今完成させて主任にチェックを依頼したところだ。腕時計を見ると午前十一時過ぎなので、二時間ちょっとで書き上げたことになる。

《ちなみに、前はどのくらい時間かかってたんだ？》

（えっと、丸一日くらいかな……）

　心の中で答えると、紅葉さんはいつものように「ははっ」と笑った。事故で命を落とした幽霊とは思えない、爽やかで何の憂《うれ》いもなさそうな笑い方。

　紅葉さんと出会ってから毎日、職場にいる間はずっと神社アプリの通信をオンにしたまま、スマホを携帯している。私が仕事で困っていると、紅葉さんは指示やアドバイスをくれたり、ときには書類の文面などをまるっと全部考えてくれたりもする。

（ありがとう。紅葉さんが助けてくれるようになってから本当に調子いい）

《だからって、あまり気を抜くなよ》

（大丈夫だって）

褒められた、しかもその相手が木虎主任だったからか、スキップでもしそうな足取りで自席に戻った。

その直後。

「すみませーん。ロッカーの鍵失くして、荷物を取り出せなくなっちゃって」

カウンター窓口に来た男子学生が、苦笑いを浮かべながら呼びかけてくる。隣に友人らしき学生が数人ついていた。

学生には入学時から個人用のロッカーと鍵が与えられている。が、稀《まれ》に鍵を紛失する者もいて、その際は自費で鍵の交換を申請してもらう。交換には時間がかかるので、すぐにロッカーを開ける必要がある場合はスペアキーを貸し出すことになっている。

とにもかくにも、まずは学生証で本人確認。他人に成りすまして申請しに来る者がいないとも限らないからだ。

「学生証の提示をお願いします」

学生は財布から抜き出した学生証のカードをカウンターテーブルに置く。印字された氏名に見覚えがあった。

「あ……」

「どうしたんすか?」

「いえ、あの……あなたの名前、前に見たことがあったのを思い出して。この間の心理学の試験で、凄くしっかり答案書いていましたよね」

紅葉さんと初めて会った日、一学年の試験監督の補助に入ったときのことだ。解答用紙を回収するときに見えた、裏面までびっしりと書かれた答案。その用紙の氏名欄に書かれていた名前と、今出された学生証の名前が一致していた。

「えっ……!」

彼の顔がかっと赤くなると同時に、隣にいる友人達が大笑いした。

「うっそー!」

「お前、『心理学やる気ねーから開始五分くらいで寝るわ』とか言ってたくせに! 実際は超マジメにやってるやん」

紅葉さんが「あちゃー……」とため息のような声を漏らす。私、何かいけないことを言った?

何が何だかわからずにいると、学生は顔の赤みが少し落ち着いた後、私を思い切り睨《にら》んでチッと舌打ちした。

「うっぜー! こんなところで人のテストのこと言うとか、守秘義務違反じゃねーの!」

「え？　あの……」

事務室内は静まり返り、背中に視線を感じた。振り向くと学務課だけでなく他の島の人達までが、何とも言えない顔でこちらを見ていた。学生はカウンターテーブルに置いた学生証を取り上げ、足早に事務室を出ていってしまう。「おいおい、ロッカーどうすんねん」と言いながら、他の学生達も後に続く。

「あの……す、すみませんでした」

ふらふらと倒れそうな足取りで自席に戻り、周りの人達に騒ぎを起こしたことを謝った。誰もが気まずそうな顔をしたまま、さっと目を逸らす。

《ははっ、最近の大学生って幼いんだな。子どもみたいな怒り方をする》

泣きそうになっている私の気も知らず、紅葉さんは呑気《のんき》に笑った。

《だけど、灯子も反省した方がいいな。あの学生、真面目に努力しているのを友達に知られて恥ずかしかったんだ。男の子のプライドを理解しろ》

しかも出会ってまだ一週間も経っていないのに、いつの間にか私への呼び方が「灯子さん」から「灯子」に変わってるし。

（そんなの知ったこっちゃないわよ。私は褒めたつもりだったの）

そう、褒めたつもりだった。けれど相手を怒らせてしまっては、私の言葉は失言以外の何物でもない。

だけど、不思議な感覚だった。私が仕事でこんな風にやらかしたとき、周りの反応は決まっている。「何もしない」のだ。今の紅葉さんみたいにダメ出しすることもなければ、ましてや笑ってくるなんて。

なのに、どうして今こんなに気持ちが楽なの？

（ありがとう）

《ん？》

（紅葉さんが笑ってくれるだけで、少し気が軽くなったよ）

私は今、たくさんの人達と一緒に働いている。それなのに毎日、自分は一人ぼっちだなと思うことだらけなのだ。周りに迷惑ばかりかけている。困っていても声をかけてもらえないし、皆忙しそうで私の方からも声をかけられない。さっきみたいに何かしでかしたら、皆は腫《は》れ物に触るような目で私を一瞥《いちべつ》し、あとは沈黙だ。

学生が去った後の学務課には、各々《おのおの》がキーボードを叩いたり、書類をめくったりする音だけが静かに響いている。

私にしか聞こえない声で、紅葉さんが言った。

《皆、自分の業務でいっぱいいっぱいなんだよ。新卒一年目の灯子を助けなきゃという気

持ちはあっても、何をどう助ければいいのか考えられるだけの余裕がないんだ》
もしかすると周りの人達は、私が助けを求めていることに気づいてすらいないかもしれないと、紅葉さんは言った。
《だから困っていることがあるなら、灯子の方からそれを伝えないと。何も言わなくても誰かが助けてくれるなんて、虫がよすぎる考え方だ》
(それはそうだけど、周りに相談するタイミングがつかめなくて。皆いつも忙しそうだし)
《大丈夫、そういうコツも俺が教えるから》
ありがたや……！　と声に出しそうになるのを、なんとか踏みとどまった。
《だけど、相談するときは相手を選べよ。ときどき悪意のあるやつもいるからな。これは俺の勘だが、灯子はそういう輩《やから》に目を付けられそうなタイプ――》
紅葉さんが言いかけたとき、背後から誰かの手が私のデスクの上に伸びてきて、赤ペンで修正の入った書類が一枚置かれた。前に作成して決裁を回していた、実習説明会通知の掲示物だった。
「犬牧さん。困るのよね、こういう雑なことをされると」
書類を持ってきたのは猿渡課長だった。デスクに置かれた書類には「曜日記載漏れ」と課長独特の丸っこい手書き文字で赤が入っている。

「こういう通知をするときは、開催日と一緒に曜日も記載するものなの。書き忘れたのかあえて省略したのか知らないけど、もっと読み手のことを考えて丁寧に仕事なさいね」

猿渡課長は、私に対して「何もしない」のが当たり前な他の人達と違って、こんな風に注意することも多い。そして、注意するときはいつも目尻に皺《しわ》をよせ、口角をきゅっと上げて笑う。

私は書類に視線を落とし、まじまじと見つめた。いつもなら、うっかり書き忘れたのだろうと反省するところだ。しかし、今日は状況が違った。

(紅葉さん。これってこの間、紅葉さんが言ってくれて直したところだよね……?)

忘れもしない、紅葉さんと出会った日のことだった。曜日間違いを紅葉さんに指摘され、確かに書き直して決裁を回したはずだ。それなのに、どういうことか課長から戻された書類からは曜日の記載が消えてしまっている。

何が何だかわからずにいると、課長は声を大きくして「返事は?」と促してきた。

「は、はい。すみません、すぐ曜日を記載して出し直します」

課長はフンと鼻を鳴らし、私に背を向けた。

各部署の管理職の席は、自分の部署の島を見渡せるように、奥の壁際に位置している。

私は自席に戻っていく課長の後ろ姿をぼんやりと眺めた。事務室内ではサンダル型のオフィスシューズのような歩きやすい靴を履《は》く人がほとんどの中、彼女はピンヒールのパンプスをコツコツ鳴らしながら歩く。耳の下あたりで真っ直ぐに切りそろえられたショートボブが、歩調に合わせて揺れている。「若い頃は『アメリ』のヒロインに似てるって言われてた」と何かにつけて主張しているが、一部の職員からは陰《かげ》で「髪型だけでしょ」と囁《ささや》かれていたりもする。

とにかく書類を修正しなければと思っていると、

《灯子。書類の電子データの更新時間を確認してくれ》

（え？）

黙っていた紅葉さんが突然指示を出してきた。業務で作成した書類の電子データは全て、学務課の共有フォルダに入れることになっている。言われるがまま、共有フォルダ内の「一学年」そして「早期臨床体験実習」のフォルダへと進む。フォルダに入れられたファイルの情報一覧が表示される。私が作成した「説明会通知」ファイルの更新日時は――

（嘘《うそ》でしょ？　今から五分前に更新されてるなんて）

《……やっぱりそうか》

驚く私をよそに、紅葉さんは一人で納得したような反応をする。

私が文書を完成させてファイルを最後に上書きしたのは三日前だ。それから一度もファイルを開いていないはずなのに、なぜか今からたった五分前にファイルが更新されている。
《ファイルのプロパティを見てみろ》
(プロパティ？　どうやって見るの？)
《……そんなことも知らないんだな。ファイル名にカーソルを合わせて、右クリックして――》
紅葉さんに教えてもらい、辿《たど》り着いたファイルの詳細画面には、こんな情報が表示されていた。
【　最終更新者：Kyoko Saruwatari　】
(嘘……？)
呆然《ぼうぜん》とする私だったが、紅葉さんは何てことない様子で言った。
《共有フォルダを使っているなら、珍しいことじゃない。あの課長さん、わざわざ灯子の作った文書から曜日を削除して、灯子が書き忘れたかのように見せかけた可能性が高いな》
(だけど、どうして……そんなことをしたって、課長には何もいいことないんじゃない？)

《さあな。単なる若手への嫌がらせなのかもしれないし、もしかすると灯子が何か目を付けられるようなことをしたのかも》

（え？　わ、私は何もしてないよ！）

書類の曜日を追記し、印刷して猿渡課長の席まで持っていく。「修正しました」と言うと、課長はキーボードを凄《すさ》まじい速さで叩きながら顔を上げもせず「はいはい」と生返事した。

《それにしても課長さん、灯子を相当ナメてるな。あんな痕跡《こんせき》を残せば、気づかれるかもしれないのに……灯子が普段ボーっとしてるから、こいつになら気づかれないと高をくっていたんだろう》

（紅葉さん、私に対してどんどん毒舌になってない？）

《とにかく、今度から共有フォルダ内のデータはまめにバックアップをとっておこうな》

（……了解）

重力に押しつぶされるように、自席の椅子にどさっと腰を下ろした。目の前にある私のデスクは、シンプルを通り越して殺風景だ。左端に電話があり、その横にパソコンのモニター台を二つ繋げて置いている。台の上にはモニターと卓上カレンダー、チューブファイル数冊。台の下のスペースに電卓と箱ティッシュ。ティッシュはケースにも入れず、側面に書かれた商品名のロゴが見えている。

猪谷さんや牛尾さんの、可愛くてスタイリッシュなデスク周りとは全く違う。二人のデスクは働く場としての節度をわきまえながらも、彼女達の好きなものが詰まっている。

今の私には、事務用品を選んで自分らしいデスクを作る余裕もない。

「あ、メール……？」

犬牧さん
　お疲れ様です。木虎です。
　二学年の早期臨床体験実習の打ち合わせについて、
　南里病院のアポをとりました。
　来週木曜日の午後、同行願います。
　下記の資料を三部ずつ用意しておいてください。
　……

配属したばかりの頃は、すぐ近くに座っていても声をかけずメールで連絡することに驚いた。職場によってはごく当たり前のことらしく、今では慣れてしまったけれど。

すぐ返信しようとしたが、その前にもう一通メールが来た。差出人はまたしても木虎主任だった。

追伸

説明会通知の決裁、曜日の記載漏れに気づかないまま課長に回してしまって申し訳ない。

私が猿渡課長に注意されたの、聞こえてたんだ。

島の対角にいる木虎主任の方を見た。一瞬目が合った後、すっと流れるように視線を逸らされてしまった。主任はデスク上でチューブファイルを開き、何かの資料を読み始める。普段から穏やかな雰囲気だけど、うつむいて視線を落としているときの主任の顔はまるで眠っているようにさえ見える。

《おいおい、この主任さんもデータを書き換えられたことに気づいてなさそうだぞ。大丈夫なのか、お前の上司達は》

(いいのよ、主任は優しいんだから)

主任からのメール文面を眺め、また主任の方をちらっと見て、それを三回くらい繰り返した。

口数が少なく、チームの他のメンバーからは少し頼りないと言われていたりもする木虎主任。だけどときどき、私にも、他の部下達にも、驚くほど気を遣っていると感じることがある。その気の遣い方はいつもどこかぎこちなくて、彼が何を考えているのかがわからない。気を遣っているのに、同時に、避けようとしているようにも見える。今すっと逸らされた視線のように。

そんな主任のことが、私は無性に気になるのだ。

金曜夜の素晴らしさを思い知ったのは、社会人になってからだ。

帰りの電車に乗っていると、他の乗客達の表情も穏やかなように見える。他の曜日より車内の空席が目立つ。すぐに帰らず、どこかで飲んだりしている人も多いのかもしれない。

紅葉さんに改めて一週間のお礼を言おうと、電車の中で神社アプリの通信をオンにした。

《花金だな》

(だね。特に予定もないんだけど)

私にはまだ大阪で遊びに行けるほど仲のいい友達がいない。地元の友達が出張などでこちらに来ない限り、平日の夜も土日も、一人で家にいてばかりだ。

　天満橋駅に着いてからも紅葉さんと会話を続けながら、自宅までの道を歩いた。今日も近所のケーキ屋が開いているが、いつものように眺めながら通り過ぎた。

《そんなに見ているのに、買わないのか？》

（うん。買って帰っても、家に誰もいないし）

　一人暮らしを始めて気づいたことがある。私は自分のために一人分のケーキを買うことが、どうしてもできない。

　ケーキだけじゃなく、一人で外食したり、映画を観に行ったりもできない。たぶん「私なんて」と思っているからだろう。私一人の楽しみのために貴重なお金を使うのは、とても勿体《もったい》ないような気がして。

《それにしても、灯子、本当に仕事全然できないんだな。俺が文面考えても、入力するのに何回変換ミスするんだ》

（ご、ごめんなさい）

　私が変換ミスをする度に紅葉さんが大笑いするから、余計集中できなくなったんだけど……なんてことは言えない。でもこの一週間、紅葉さんには本当に色々助けてもらった。

自宅マンション付近まで来たところで「一週間、本当にありがとう」とお礼を言うと、意外な返事があった。
《こちらこそ》
（ん？）
私、彼に感謝されるようなことしたっけ？
不思議がる私に紅葉さんはこう言った。
《俺の方も灯子から学ぶことがあった。窓口に来ていた学生がこの間の試験でたくさん答案を書いていた子だなんて、俺は全く気づかなかったんだ。俺も灯子と視界を共有しているから、一緒に解答用紙を見ていたはずなのに》
あの学生の顔を思い出した。私が「凄くしっかり答案書いていましたよね」なんて余計なことを口走ったせいで、機嫌を悪くさせてしまった。いつにも増して自己嫌悪に陥《おちい》りそうになったが、そんな私に紅葉さんは意外な言葉をかけてきた。
《灯子はとても人に興味があって、人をよく見ている。それは灯子の長所だと思う。今日はそのせいで失敗したが……ときに裏目に出ることはあっても、長所は長所だ》
「長所は長所……」
思わず声に出して、紅葉さんの言葉をオウム返しする。私、また褒められた？　いや、今朝主任に褒められたのは、紅葉さんに議事録の文面を考えてもらったからだ。けれど今、紅葉さんは私自身の行動から長所を見つけてくれた。

主任に褒められたときと同じく反応できずに固まっていると、紅葉さんが呆《あき》れたように「おーい」と声をかけてきた。

（ご、ごめんなさい。私、人から褒められたことがほとんどなくて……こういうときって、どう反応すればいいんだろう）

マンションに着く。玄関のオートロックを解除するため鞄から鍵を出そうとしたとき、紅葉さんがいつも以上に大げさに笑い出した。

《そんなに重く受け止められたら、余計褒めにくくなる》

（え？　ごめん……）

《さっきから「ごめん」ばかりだな。褒められたときは「ごめん」じゃなくて「ありがとう」だ。とりあえず笑って「ありがとう」って言っておけば間違いない》

強張《こわば》っていた身体が緩んだ。紅葉さんの歯切れのいい声でそう言われると、そうか、簡単なことじゃないかと腑《ふ》に落ちる気がした。オートロックを解除し、エレベーターに乗り込む。奥の壁が全面鏡になっていて、一日の仕事を終えた私の姿を映している。

紅葉さんにも見えるように鏡の中の私と目を合わせ、にこっと笑いかけながら言った。

「ありがとう。来週もよろしくね」

《いい笑顔だな》と紅葉さんの声が聞こえた。エレベーターから降りた後、部屋の扉の前で神社アプリの通信を切った。

金曜の夜はいつも疲れてすぐに寝てしまう。平日にできなかった部屋の掃除などをしているうちに土日が終わる。誰とも言葉を交わさないまま。それは今週も同じだった。

だけど家に一人でいる間、「長所は長所」という紅葉さんの言葉を何度も思い出した。仕事で褒められたのは初めてだ。それに、失敗したのにいいところを見つけてもらえたのは、生まれて初めてかもしれない。——こんなに嬉しいなんて。

第二章

#新卒4ヶ月目

……社会人《おとな》になるということ

「そういえば犬牧《いぬまき》さん、初めてのアレはどうやった?」

とある日の昼休憩中。

いつものように先輩職員の猪谷《いがや》さんと牛尾《うしお》さんに両側から挟まれ、食堂の壁に面したカウンター席でご飯を食べていたとき、急に牛尾さんが話を振ってきた。

「へっ?」

アレ、と濁《にご》されたうえ、「初めての」なんて修飾語をつけられたせいか、何かとんでもないものなのではと焦ってしまったが、牛尾さんが言うのは夏のボーナスのことだった。

「まぁ、入職後最初のボーナスは微々たるもんやけどね。何に使うの?」

と、猪谷さん。彼女の新入職員時代の話を聞くと、初ボーナスは貰《もら》ったその日に服やらバッグやら高級スイーツやらで散財して消え去ったらしい。

七月に入り、試用期間が終わった。有給も使えるようになった。

今は昼休憩中だから通信を切っているけれど、紅葉《くれは》さんのおかげで最近は毎日が順調だ。

六月末に振り込まれた初ボーナスは今のところ全額貯金している。できることなら紅葉さんにも一部譲り渡したいが、幽霊相手にそんなことができるはずもない。

後ろのテーブル席から、学生達の会話が聞こえてくる。

「今日空きコマ一つもないのキツイわー」

「午後の実習って何やるんだっけ」

「シミュレーター使って聴診《ちょうしん》するって、先生言ってた」

「しんどいわー」

一人が「聴診だけに？」と言った直後、学生達は声を合わせて「超しんどいー！」と言い、ゲラゲラ笑う。

可愛《かわい》いなぁと思いながら見ていると、猪谷さんが鼻で笑った。

「また学生がしょーもないギャグ言ってるわ」

「ちょっと猪谷、聞こえたらどうすんの」

「事務員の会話なんて誰も聞いてませんって」

水都《すいと》医科大学内には食堂がいくつかあるが、一番大きいのが教育研究棟の隣にある職員学生食堂だ。テーブルとカウンター合わせて千席を超える広さがあり、お昼時は学生や職員の他、附属病院に勤める医療従事者も多く利用していて賑わっている。

注文は入り口の機械で食券を買い、「定食」「丼もの」「麺《めん》」などに分かれた厨房《ちゅうぼう》のカウンターに持っていくシステム。お弁当や外で買ったものを持ち込んで食べる人もいる。

「牛尾さん、今日も旦那《だんな》さんが作ったお弁当ですか」

ちらっと隣を見つつ言うと、牛尾さんは恥ずかしそうに笑いながら、完璧な形をした玉子焼きを口に運んだ。頬《ほお》張っている横顔が、テレビで試食している女子アナみたいに綺麗《きれい》。地味に見えがちな黒色ひっつめ髪も、牛尾さんがすると清楚《せいそ》系美人といわれる。去年彼女が結婚したとき、男性職員達はそろって膝《ひざ》から崩れ落ちたという噂《うわさ》だ。

「いいなぁ、私も早くいい人見つけて結婚したい」

猪谷さんはパーマのかかったおくれ毛を耳にかけ、塩ラーメンの麺をすする。

「んで、結婚したらとっとと辞めたいわ、こんな仕事」

「それは勿体《もったい》なくない？」

「全然。牛尾さんみたいに、大手勤めの旦那さん捕まえたのに働き続ける方が異常なんですって」

「私はこの仕事結構好きやからねー」

牛尾さんがさらっと言い返す。こんなに気が合わないのに仲が良いのは、ある意味奇跡的な巡り合わせだなと思う。

「えーっ。仕事好きって言う人の気持ち、マジでわかんないです。しかも事務員なんて、誰からもサンドバッグみたいに扱われるだけやし……もはや生活のためって割り切ってますよ、私は」

事務員がサンドバッグにされがち、というのはわからなくもない。ついこの間も、カウンター窓口に来た学生の対応で心が折れそうになった。しかも用件は「レポートを書いている途中に私物のノートパソコンが動かなくなったから見てほしい」。それは大学の事務室が対応すべきことなのだろうかと思いつつ、ネットで調べたりして原因を探ったものの、結局パソコンは復活せず。

『恐れ入りますが、メーカーの方に問い合わせていただけますか』

そう告げた瞬間、思い切り舌打ちされた。向かいの席の兎月《うつき》さんは「よくあることよ」と笑っていたけれど……。

学生の大多数は真面目で礼儀正しい。先日のように、落とした画鋲《がびょう》を拾ってくれたりする親切な人達もいる。しかしそんな中で、事務員相手なら何を頼んでもいいし、負の感情をいくら吐き出してもいいと見なしている人も、確かに一定数いる気がする。

「婚活の方はどう？」

「無理です。先週もパーティー行ったけど、クズ以下のクズしかいませんでした」

猪谷さんは大きな目やぷくっとした唇が目を引く、華やかで愛嬌《あいきょう》のある顔立ちをしている。仕事ができて性格も明るいけど、牛尾さんと違ってモテない理由は毒舌すぎるせいだろうか。口癖は「クズ」「ゴミ」「虫けら」。全て人を指すときに使う。

「職場の男性狙《ねら》えばよくない？　パーティーとかはお金かかるし」

「こんな職場に狙いたくなる男性いないですよ」

事務員は七対三くらいで女性が多いし、先生方は既婚者ばかりだしなぁ。そんなことをぼんやり考えていると、突然牛尾さんが「例えば木虎《きとら》主任は？」と言い出して、私は口に含んでいた水を噴きそうになった。

ちょちょちょちょ、やめてぇぇ――！

「あー、私ああいう物静か系、生理的に無理です」

一安心し、ごくんと水を飲みこむ。

「確かに猪谷とは合わないかもね。でも主任、あれは仮面だっていう説もあるしなぁ」

猪谷さんと私の声がそろった。牛尾さんが珍しく、にやっと悪戯《いたずら》っぽい笑みを浮かべて言った。

「仮面？」

「木虎主任って別の大学から転職してきたでしょ。この間、更衣室で噂話が聞こえてきたんやけどね、主任の前の職場でのあだ名は――『新卒クラッシャー』だったらしいよ」

驚きすぎて固まっている私の肩をバシっと叩きながら、猪谷さんがケラケラ笑った。

「あははっ、犬牧、潰《つぶ》されちゃうやん」

「そ、そんな」

はんなり京都癒《いや》し系主任の、おだやかな表情や声を思い浮かべた。クラッシャーなんてあり得ないし、そもそも転職してきたことすら知らなかった。てっきりこの大学で長く働いているものだと。

「辰見《たつみ》くんも二年目入ってすぐ倒れちゃったし」

「いや、まあアレは主任のせいってわけでは……」

頭がぼーっとして、定食の塩鮭《しおざけ》をよく嚙《か》まないまま飲み込むと、小骨が喉《のど》に引っかかった。だけど、そんなのはどうだっていい。なぜなの。なぜ今日、このタイミングで主任の過去を知らなければならなかったの……？

猪谷さんが思い出したように言った。

「あ。ていうか犬牧、午後から主任と二人で病院訪問だっけ」

牛尾さんが少し申し訳なさそうな顔で「あ……」と反応する。主任の話題を持ち出してきたのは、わざとじゃなかったようだ。

私は昔の主任のことは知らない。はんなり京都癒し系だと信じてる。

だけど念のため、大学を出る前に必ず、紅葉さんとの通信を再開させておこう。

学外での業務は初めてで、出張申請の仕方も数日前に知ったばかりだ。私は完全に緊張していた。学舎を出て早々、段差につまずいて転びかけてしまったくらいだ。

スーツとヒール付きのパンプスで出歩くのは新人研修のとき以来だった。学務課に配属されてからは、出勤時は私服にスニーカーで、大学での業務中は制服と黒サンダルを着用している。

《主任と一緒じゃないのか》

大学から駅まで歩く途中、鞄《かばん》の中のスマホから紅葉さんの声が尋《たず》ねてきた。

（……現地集合にしようって言われて）

《ははっ》

またその笑い方。

こっちは今朝、主任に声をかけられるまで「外で一緒にランチする流れになるのかな」とか「電車で会話続かなかったらどうしよう」とか、そわそわしっぱなしだったのに。やっぱり主任はどことなく部下を避けている——いやひょっとして、避けられているのは私だけなのだろうか。

《灯子《ともこ》はあの主任のことが好きなんだな》

（え、どうしてわかるの？）

いけない、つい本音で反応してしまった……！　と後悔する間もなく、紅葉さんはさらに笑う。前から思っていたけど、ちょっと笑いの沸点低いんじゃないかな。

目的地の病院は大阪府内にあるものの、大学からうんと南に下らなければならない。電車を乗り換えて難波《なんば》駅に着き、そこからさらに南へと向かう各駅電車に乗り込んだ。昼過ぎということもあってか、座席はガラガラだ。

電車に揺られる間、スマホでこれから行く病院のことを調べた。

(ええと、「南里《みなみさと》病院　大阪」……あ、出てきた)

目的地の南里病院は、学生の実習先の一つだ。

十一月に、二学年対象の外部病院での実習がある。学生は二十ほどある実習受け入れ施設の中から実習先を選ぶのだが、今年はいくつかの病院が都合上実習受け入れ不可となってしまい、新規開拓が必要になった。それで新たな実習先となったのが南里病院だ。

(熊野《くまの》先生が内諾《ないだく》取ってくれてホントに助かった)

《この前メールくれてた、カタカナ多めで顔文字の可愛い先生だな》

(そう。先生のお知り合いが南里病院で働いてて、その縁で引き受けてくれたんだって)

南里病院の診療科紹介ページを見ていると、消化管外科の担当医プロフィールの中にその知人の名前があった。

（この斑鳩《いかるが》っていう先生だよ）

《……怖そうな姉さんって感じだな》

（これから会うんだから、そんなこと言わないでってば）

写真の斑鳩先生はきりっとした感じの若い女性だった。実習では彼女を中心とする消化管外科の先生達が学生を指導してくれることになっている。

今日はこれから、事前の打ち合わせのために病院を訪問する。実習の流れや学生の評価方法について説明してくるよう、熊野先生から仰せつかっている。説明をするのは木虎主任で、私はメモ取りなどのサポート役だけど、それでも緊張してしまう。

（ねぇ、打ち合わせ中に緊張しない方法ないかな）

《いい大人がその程度で緊張するな。もうすぐ二十四歳だろ》

（えっ……どうして私が浪人したこと知ってるの？）

慌《あわ》てて尋ねると、紅葉さんはまた「ははっ」と笑った。年齢がわかったのは職員証に生年月日が書いてあるのを見たからだそうだ。

《浪人したっていうのは今初めて知ったけどな》

（はぁ……）

自《みずか》ら失敗談をバラしてしまった。自分で目標を設定してそれに届かなかったから浪人、というのであれば、それは挑戦であり失敗ではないと思う。けれど、私の場合は事情が違ったのだ。

（高三のとき、お母さんが認める偏差値未満の大学は受けさせてもらえなかったの。それで全滅しちゃって）

《どこの大学を受けたんだ？》

私が一つ一つ大学名を挙げる度に、紅葉さんは「ひぃっ！」とか、「おえぇっ？」とか、今までに聞いたこともないオーバーリアクションを連発した。そして最後に一言。

《それは……灯子には絶対に無理だ……！》

失礼だなぁ。

だけど実際彼の言うとおりで、浪人時代の模試でも散々な結果が続いた。最終的には母も「どの大学でもいいから二浪だけは避けなさい」と方向転換を促《うなが》してきた。

合格通知を見せた瞬間、はぁーっと長く息をついた母の表情が今でも忘れられない。安心を落胆が上回るような、魂《たましい》が抜けてゆくような顔だった。無理もないと思った。かつて教師だった母は結婚と同時に退職し専業主婦になったが、私の勉強をよく見てくれていた。その結果が、浪人した末の第五志望合格だったのだから。

（昔からずっとそんな感じなのよ、私。この大学に就職できたのは奇跡だわ）

人の成長に携《たずさ》わる仕事に就きたくて、就活中は教育業界にばかり応募した。それと同時に、どうしても実家から出たいという気持ちがあって、一カ所だけとダメもとで大阪での面接を受けてみた。母に知られないよう、日帰りで新幹線に乗って。

それが今働いている水都医科大学だ。

(こんな私を選んでくれたんだから、役に立てるように頑張ろうって最初は思ってたのよ。でも、私やっぱり駄目ね。たった三ヶ月で「代わりに働いてくれる人が現れますように」なんて思ってるんだから)

途中の駅で、向かいの席に座っていた女性が下車した。初老に差し掛かるくらいの年齢で、少し私の母に似ている気がする。一人で大きなリュックを背負い、足取りがぎこちない。大丈夫だろうかと少し心配になる。

扉が閉まり、電車が再び動き出したとき、紅葉さんが言った。

《代わりはいくらでもいる》

一瞬耳を疑った。え、酷《ひど》い。確かに私の代わりなんていくらでもいると思うけど、そんな「嫌なら辞めろ」的なこと言わなくたって……。

(そ、そうだね。だけど紅葉さんはきっと生前、職場になくてはならない存在だったと思うよ)

私と違って仕事できそうだし。生前の自分の素性《すじょう》について記憶がないと言っていたけど、どこかでバリバリ働いていたに違いない。

けれど紅葉さんは、そんな私の言葉も否定した。

《そんなことはない。俺が死んだって、誰かが俺の代わりになって職場は回っているはずだ。俺は「私がいないとこの職場は回らない」なんて鼻高々に言うやつはどうしようもない勘違い人間だと思ってる》

あ、それ猿渡《さるわたり》課長がいつも言ってる……。

《職場だけじゃない。この世界で誰か一人がいなくなっても――それがどんなに偉大な人物でも――世界は変わらず回り続ける。大なり小なり穴は開いても、時間が経《た》てばその穴は必ず埋まるようにできているんだ》

顔を上げ、電車内の広告に目をやった。この国で知らない人はいないであろう大スターが笑っている。彼にしかできない、唯一無二の笑みに見える。

もし彼が急に亡くなったら、その日の大ニュースになるだろう。テレビもネットも、彼の死の話題で持ち切りになるはずだ。だけど確かに紅葉さんの言うとおり、一ヶ月、一年と経つうちに、世界は――

(寂しい、そんなの)

率直な気持ちをこぼすと、紅葉さんはこう付け足した。

《すまない、言葉が足りなかった。俺はこう言いたかったんだ……代わりはいくらでもいるから、「自分がなんとかしなきゃ」って背負い込みすぎなくてもいいんじゃないかって。灯子は意外と無理をするタイプのような気がしてきた》

そんなことないよと言いそうになったけど、紅葉さんの言葉を聞いて少し気が楽になっている自分がいる。

私、無理していたんだろうか。

窓の外の景色が都会から遠ざかってゆく。一本の川が視界の端に入った。天満橋《てんまばし》や中之島《なかのしま》と違う、白い砂利《じゃり》の岸に挟まれた川だ。周辺に大きなビルはほとんどない。背の低い屋根がぽつぽつと見える。

(――無理してたのかも)

各駅電車はゆったりと川を横切ってゆく。

水面の光が、窓の枠に遮《さえぎ》られるようにして見えなくなった。

目的地の駅に着き、ホームに降りると改札に向かって歩いていく木虎主任の後ろ姿が見えた。足を速め、駅を出たところで声をかけた。

「同じ電車に乗ってたんだな。全く気づかなかった」

主任はすらっと背が高く、私はヒール付きの靴を履《は》いても見上げないと目を合わせられない。職場ではクールビズが推奨されていて最近は毎日軽装だった主任だけど、今日はネクタイにジャケット。なのに、真夏の日差しの下を歩いていても暑そうな素振りを見せない。通気性抜群とか？　それとも単に我慢強いだけなのかな。

途中、派手な髪色をした若い女の子達とすれ違った。「単位絶対落としたわー」と言っているから、どこかの学生なのだろう。

「うちの学生達と同じようなこと言ってますね」

「犬牧も大学生のときはあんな感じだった？」

「え？　わ、私はちゃんと単位取ってましたよ……」

真面目しか取り柄がなかったからなぁ、なんて少し懐かしく思った矢先、会話は途切れた。けれど、恐れていた沈黙は案外悪くないものだった。こんな風に主任と並んで歩けるなら、街路樹から降ってくる蟬《せみ》の声も心地いい。

《嬉《うれ》しそうだな、灯子》

（うん。今私、「時よ止まれ」と思ってる……って、冷やかさないでよ！）

紅葉さんがまた大げさに笑う。彼の声は主任には聞こえていないものの、何だか二人きりの時間を邪魔された気分になってしまう。

(次に冷やかしたら通信を切るからね)

そう釘を刺すと、紅葉さんから意外な指摘があった。

《灯子って普段は自信なさそうなのに、恋愛面では結構ポジティブなんだな》

首をぶんぶん横に振りまくりそうになったが、隣にいる主任と目が合って間一髪食い止める。

(私これまで恋愛は片想いしかしたことないよ。仲の悪い両親の姿を見てきたからかもしれないけど、前向きになったことなんてない。好きな人ができても、近づくと嫌われちゃうんじゃないかといつも不安で……)

だけど確かに紅葉さんの言うとおり、主任のことを思うときは不安にならないし、むしろ楽しい。昼休憩中に聞いた「新卒クラッシャー」の噂も今は気にならなかった。

大通りを曲がり、住宅地に入る。長い塀に沿って歩いていくと、目的地の南里病院に辿《たど》り着いた。

受付カウンターで要件を伝え、内線で斑鳩先生を呼んでもらった。数分後に現れた先生はホームページで見た写真どおりの気丈そうな雰囲気を纏《まと》っていた。

応接室のような部屋に通してもらい、奥のソファに主任と並んで座った。テーブルを挟んで向かいのソファに斑鳩先生が腰掛ける。

「夕方からカンファレンスがあるので、短時間でお願いできるかしら」

「はい。お忙しいところ、ありがとうございます」

いきなりプレッシャーをかけられたように感じてしまうが、主任は冷静に応じている。素敵だなぁ。

私が用意した資料をもとに、主任は実習の詳細について説明を始めた。が、いきなり問題が発生した。

「え、実習に来るのって二年生？　こっちはてっきり六年生だと」

先生はあからさまに嫌そうな顔をした。医学生と一口に言っても、低学年の間は医学的知識も少なく、臨床現場で診療に参加するための「スチューデント・ドクター」の資格を持っていない。だから実習といっても、ほとんど病院見学のような形になるらしい。

「確かに、彼らにとって学外での実習は初めてになります。ですが一年の時に本学の附属病院で実習を受けていますので、実習のマナーは身についていると思います。事前の学生向け説明会でも、注意事項はしっかりと伝えますので」

「ふぅん……」

私は貝のように口を閉ざすしかできなかったが、主任の説得でなんとか理解してもらい、その後の話は比較的スムーズに進んだ。

(私も主任と同じ歳《とし》くらいになったら、こんな風に話せるようになるのかな)

《灯子が三十歳か。想像もできないな》

紅葉さんにそう言われ、ふと思った。私、このまま何年も、紅葉さんに頼りっぱなしで仕事し続けるの……?

「人数は一施設につき五人程度でお願いしているのですが、よろしいでしょうか」

「そうね……」

実習内容の説明がだいたい終わり、学生の受け入れ人数の交渉に入る。

しかし、ここから話が思いがけない方向へと進み始めた。

「いいわよ、五人で。ただし、受け入れは女子学生のみにさせてちょうだい」

「え?」

ずっと冷静だった主任も、さすがに驚いたようだ。

事情を聞くと、この病院は以前にも医療系の学生の実習を受け入れた経験があるらしい。そのときに来たのが男子学生ばかりで、非常に態度が悪く患者さんやスタッフを辟易《へきえき》させたとのことだ。

「本来なら実習の話自体をお断りしたいところだったけど、熊野先生には何かとお世話になっているからね」

うちの男子学生は真面目だから大丈夫ですよ！　と言いたいところだけど、食堂で「聴診、超しんどいー」とはしゃぎまくっていた学生の姿を思い出す。実習中もあれくらいハイテンションになってしまったらどうしよう。そして斑鳩《いかるが》先生が注意しても「斑鳩だけに、めっちゃ怒《いか》るー」とか言っちゃったら……。

悪い妄想を巡らす私の隣で、主任が斑鳩先生に言った。

「大変恐れ多いのですが……本学は他の医科大学に比べれば女子の比率は高いものの、それでも男子の人数の方が多いです。そして、実習先は学生の希望をもとに決定します。南里病院におかれましては外科での実習になるので、希望する学生は男子が多くなるかと」

主任の言いたいことは私にもわかった。実習先を選ぶとき、多くの学生は将来の就職先として興味がある施設や診療科を希望する。そして、女子は長時間かつ不規則勤務になりがちな外科よりも、比較的ワークライフバランスを図りやすい他の診療科を希望する傾向があると聞いたことがあった。

「ご迷惑にならないよう、大学でも十分に指導します。それでも男子は駄目でしょうか」

主任がすんなり引き下がらないのはきっと、出来る限り学生の希望を叶えたいという熱意の表れだと思った。しかし、先生の方は気を悪くしたようだった。

「ちょっと、何それ！　女は外科に興味がないって言いたいの？」

「い、いいえ、そういうわけでは」

主任が慌てて誤解を解こうとするものの、斑鳩先生はすっかり怒りの形相だ。綺麗なアーチ形に整えられていた眉毛が、今は逆ハの字に吊り上がっている。

「何てデリカシーのない。あなた女性にモテないでしょう。彼女はいるの？」

んん？　これってセクハラ……？？

主任が困惑しながら「いえ、いません」と答えると、鞄の中から「よかったな、灯子」と紅葉さんの声がした。うん確かに……って、そんな場合じゃないってば！

「あははっ、正直に答えるのが生真面目っていうか、鈍くさいっていうか。ねぇ、そちらのお嬢さん。あなたからも何か言ってやりなさいよ」

「ひぇっ？」

そこで私に振るか。

「あの……わ、私は結構好きですよ、生真面目な男性」

今の今まで対立していた先生と主任が、全く同じように「へっ？」と私の方を見る。あ、あ、またつい本音が……！

《前から思ってたが、灯子、割と頻繁《ひんぱん》に失言するな》

　こっちは穴があったら入りたいくらいなのに、紅葉さんは冷静に分析してくる。斑鳩先生はというと、ぽかんとしながら私と主任を交互に見た後、突然手を叩いて笑い出した。

「今のは冗談？　いえ、冗談を言いそうなタイプには見えないわね。あなたも真面目そうだもの」

「いえ、あの、私は」

「似た者同士、お似合いじゃないの。お嬢さん、彼氏は？」

　どうやら今度は私に狙いを定めてきたようだ。彼氏、いません。できることなら主任と是非《ぜひ》お付き合いしたいです。――そんなの本人のいるところで言えるわけないし、この先生に話す義理もない。

　だんまりを決め込もうと思った、そのとき。

「あっ……」

　主任の方からスマホの着信音が鳴り出して、私も先生も思わずそちらに顔を向けた。

「すみません」

　主任は慌てて音を消し、スマホをズボンのポケットに仕舞った。斑鳩先生は呆《あき》れたようにため息をつく。

「学生以前に事務員のマナーを改善してほしいわね」

（紅葉さん、この女、一発殴っていい？）と心の中で激怒してしまう。

しかし今は実習の件が最優先だ。何とかして男子を引き受けてもらう方法はないのだろうか。紅葉さんの知恵を借りれば、交渉を覆《くつがえ》せるかもしれない。私では何も思いつかないけれど……。そんな淡い期待を抱いたが、予想外に紅葉さんはこう言った。

《この状況では、向こうの条件を受け入れた方がいいかもしれない》

（え？）

《過去の実習で色々あったんだろうが、先生もスタッフも、もう男子学生の相手はうんざりという感じなんだろう。そんな状態で男子を引き受けてもらっても、先生達のモチベーションが下がるだけだ。それよりも向こうを乗り気にさせて、女子学生にとって良い実習になるように交渉した方が建設的なんじゃないか？》

そう言って、紅葉さんは私にある提案を持ちかけた。

私が紅葉さんの案を聞いている間にも、先生と主任の話し合いは進んでいた。向こうはやはり条件を譲る気がなく、最終的に主任の方が折れる形になった。

「わかりました。女子五名をお引き受けいただけるということで、進めさせていただきます。ご無理を言って申し訳ございませんでした」

話が落ち着き、先生が席を立とうとする。今しかないと思い、私は紅葉さんの指示に従って先生に言った。

「あの……こちらの消化管外科にお一人、矯正医官《きょうせい》と兼業されてる方がいますよね」

先生は驚いたようにぱちっと瞬《まばた》きして私の方を見た。

「橘《たちばな》 美月《みつき》先生のことかしら」

《そうだ》

私にしか聞こえない声だけど、紅葉さんは力強く返事した。電車の中で一緒に病院のホームページを見たとき、紅葉さんは消化管外科医の一覧にあった全ての先生の名前と経歴をチェックしていたようだ。橘というその先生は、斑鳩先生を除けば消化管外科唯一の女性医師らしい。

紅葉さんの指示どおり、私は斑鳩先生に提案した。

「実習中、橘先生から学生達に、矯正医官の仕事についてもお話ししていただくことは可能でしょうか。関心を持つ女子学生もいるかと思います」

紅葉さんいわく、刑務所や少年院などで働く矯正医官は、残業や当直がほとんどなく医師の中ではワークライフバランスを実現しやすいといわれている。兼業やフレックス勤務などの働き方を認める法律もでき、女性医師も増えてきているらしい。

「それと、こちらの病院は医療従事者の多様な働き方を推進されていて、個別の事情に応じて時短勤務なども積極的に行われているんですよね。そういった取り組みについても学生達にご説明いただければと」

「……へぇ。あなた、意外と勉強熱心なのね」

先生が初めて感心したような笑みを見せた。矯正医官のことを知っていたのは、私じゃなくて紅葉さんだ。この病院での多様な働き方推進の取り組みについても、ホームページを見たときから目を付けていたらしい。私は完全に読み飛ばしていたのに。

「そういうことだったら、私から橘先生に確認しておくわ。彼女の家、一家全員が矯正施設勤めらしいから、色々深い話も聞かせてもらえるかもね」

斑鳩先生はさっきまでの悪態が嘘《うそ》のような上機嫌になる。

《いいか灯子。これからも、相手を怒らせたときこそチャンスだと思え。人間の怒るポイントには、その人にとって大切なものが隠されている。それを見抜き、尊重する姿勢を見せれば、必ずいい関係を結ぶことができる》

紅葉さんが言った。

先生が主任に怒ったのは、女性医師として、そして外科医としての熱意の裏返しなのだろうなと思った。今回の実習で女子学生にこの病院の取り組みを知ってもらえれば、女性が外科で働くことについて学生の認識が変わるかもしれない。それは学生にとっても、この病院や斑鳩先生にとっても良いことなのだろう。

「木虎主任、勝手に話を進めてすみません。これでよいでしょうか」

「……」

「主任？」

「あ、ああ。そうだな」

返事をする直前まで、主任は少し困惑するような様子で私の顔をまじまじと見ていた。いったいどうしたんだろう。


南里病院を出る頃には、午後四時を回っていた。

「今から大学に戻ったら定時ギリギリってところか。直帰でもええと思うけど、犬牧はどうする？」

「ええと、少しだけやること残ってるので、大学に戻ります」

本当はあなたと、どこかでお茶でも飲みながらほっこりしたいのですが……などという本音は隠しておこう。打ち合わせが無事に終わったからか、主任の話し方からは少し緊張が抜けているようだった。京都弁のイントネーション入ってるし。

駅が見えてきたところで、私は主任に伝えなければならないことを思い出して言った。

「そういえば主任、先程はありがとうございました。私が彼氏いるかって詰め寄られたとき、先生の気を逸《そ》らそうとしてくれて」

切れ長の目をわずかに見開いて、主任は私の方を見た。

《何のことだ？》

鞄の中から紅葉さんが驚いたような声を出す。どうやら彼は気づいていなかったようだ。

主任がふっと微笑《ほほえ》んで言った。

「わざとスマホの音を流したの、気づいてたのか……お節介だったか？」

「いえ、助かりました。というか、あのタイミングで鳴ったら気づきますよ！」

それに主任、音を鳴らす前に「あっ……」って言っちゃってたし。

《俺は全く気づかなかったな。相変わらず灯子は人をよく見てる。特にこの主任さんのことは》

（ふふ、まぁね）

駅のホームに設置された緑色のベンチに、木虎主任と並んで座った。電車はさっき出たばかりのようで、次に来るのは十分後だ。何か話を振ってみようかなと思っていると、主任の方から声をかけてきた。

「だけど今日は、俺の方こそ犬牧に助けられた。あのまま先生の機嫌が直らなかったら、実習に支障が出たかもしれない。よくあんなことを思いついたな」

主任はベンチに座って正面を向いたまま、そう言った。向かいのホームに設置された、少し錆《さ》びついたトタン屋根の向こうに空が見える。まだ夕暮れ前の澄んだ空には、白い雲がふんわりと浮かんでいる。

あの提案を思いついたのは紅葉さんであって私ではないけれど、それでも嬉しい。主任の役に立てている。これからも私が自分で判断して失敗するよりは、紅葉さんに任せた方が、私と関わる人達にとっても良いはずだ。

電車を待ちながら、何も言わず主任と一緒にふわふわの雲を眺めた。やっぱり会話がなくても落ち着くというか、幸せかも――

そう思っていたのだが。

「犬牧」

私は思わず主任の方を向いた。突然呼びかけてきた彼の声が、さっきまでと打って変わってかすれていたからだ。

主任は私の方を見ようとせず、絞り出すような声で言った。

「その……大丈夫か……？」

「――え？」

何を言われているのかわからなかった。主任は普段どおりの物静かな表情だったが、切れ長の目を苦しそうに細め、額《ひたい》や首筋は汗ばんでいる。暑さのせいではないだろう。昼間は炎天下の中で歩いていても、汗一つかいていなかったのだから。

「あの、主任」

「突然こんなことを言い出してすまない。ただ、最近……」

主任はぎこちなく話し始めた。私の顔を見ないまま。

「最近の犬牧は、配属したての頃からすると嘘のような働きぶりで……ときどき、まるで本当に人が変わってしまったように見えることがある」

主任の言いたいことがわからず、ぽかんとしていると、鞄の中から紅葉さんが「この主任、結構鋭いな」と言った。

人が変わったように見えるって、どういうこと？

（紅葉さん！　さては私が気づかないうちに、私の身体《からだ》を乗っ取った？）

《違う、違う！　そうじゃなくて……》

紅葉さんが言うに、主任はおそらく私の仕事ぶりが大きく変わったことに疑問を抱き、混乱している。紅葉さんに出会う前と後とでは、職場での顔つきも全く違っているのかもしれない。別人に見えるくらいに。

「あ、あの」

「すまない、俺の気のせいだ。きっと、暑さでやられたんやわ」

うつむいた拍子に、主任の襟《えり》足のあたりから汗が一筋流れた。

「電車が来る」

　ホームにアナウンスが流れると同時に、主任は立ち上がった。私も後に続くが、動揺して足元もおぼつかない。

《俺が灯子の仕事を手伝うようになってから、まだ一ヶ月も経ってない。それで変化に気づくなんて、この主任さんは相当注意深く灯子のことを見ているぞ。それに、大事にしようとしてくれている。でなきゃ、わざわざスマホ鳴らして恥かいてまで助けようとはしないだろう》

（……そうね）

《灯子も前々から、この人のこういう優しいところを感じ取っていたんじゃないか。だから一緒にいて安心できたんだ》

　きっと紅葉さんの言うとおりだ。

部下に気を遣っているようでもあり、避けているようでもあった木虎主任。だけど主任は私が思っている以上に、私のことを注意深く見ていた。だからこそ私の豹変《ひょうへん》っぷりを心配しているのだろう。

私、このままで本当にいいのだろうか。

*

紅葉さんと出会ってから一ヶ月が経とうとしている七月下旬のある日。

私は朝一、やらかした。

「スマホ充電するの忘れてた……」

気づいたのは天満橋駅のホームで電車を待っているときだった。電池残量を見る限り、一日はもたないかもしれない。モバイルバッテリーも家に置いてきてしまったし、今から取りに戻る時間もない。

諦《あきら》めて電車に乗り込むと、早くもお腹《なか》がきゅるると鳴った。時間がなかったからといって、朝ご飯を魚肉ソーセージと豆乳だけで済ませてきたのは失敗だったかな。

「一人暮らししても、ちゃんとお母さんみたいな朝ご飯作るようにしようって思ってたのになる……」

電車に乗り込み空いた席に座ろうとしたところ、後ろから来た中年のサラリーマンに押しのけられ、先に座られてしまった。

何だか今日、ついてない気がする。


大学に着いて着替えた後、神社アプリの通信をオンにした。朝礼が終わり、自席について業務を開始しようとしたとき、デスク上の電話が鳴った。

「はい、学務課の犬牧です」

電話は耳鼻咽喉《じびいんこう》科の先生からだった。用件は午後の五学年の授業についてだ。

もう七月下旬だが、学生はまだ夏休みに入っていない。五学年は年間通して附属病院での実習があり、班に分かれてローテーションで色々な診療科を回っている。

『午後から医局に学生を集めてミーティングをする予定だったんだけど、急に部屋が使えなくなって』

「そうですか。では代わりに使えそうな部屋をお探ししますね。何人でご使用ですか？」

学生五人に教員二人と返答があった。小さな部屋でも大丈夫そうだなと思いながら、ウェブ上で部屋の予約システムを開く。大学と附属病院内の部屋の空き状況などを確認できるようになっている。

「お待たせしております。今日の午後でしたら病院三階の小会議室が空いていますので、予約しておきますね」

『あぁ、よかった。助かるよ』

「いえいえ。班の学生達にも、集合場所の変更についてメールで連絡を入れておきます」

至れり尽くせりだなと嬉しそうに言って、先生は電話を切った。

最近、電話対応が怖くなくなってきた。まだ紅葉さんを頼ることも多いが、今のように基本的な問い合わせなら一人で対応できるようになってきている。

部屋の予約と学生への連絡を入れた後、作業をしていると、ボールペンに巻いてある花模様のマスキングテープが剝がれかかっていることに気づいた。

《灯子、マスキングテープ好きだな》

私が使っているボールペンは、学務課の費用で購入して課内全員に支給されているものだ。皆同じデザインなので、他の人のものと間違えないように目印として軸《じく》の部分にマステを貼っている。

《一本くらい自分でボールペンを買ってもいいんじゃないか？》

（うーん、そうだなぁ）

なんて考えていると、ボールペンのインクが切れてしまった。備品の在庫を取りに行こうとしたとき、紅葉さんが言った。

《少しくらいなら、隣の席から借りてもいいんじゃないか》

（隣の席って、辰見さんの？）

隣の空席に目をやる。まだ復帰の目途《めど》が立たない辰見さんのデスクは、私が配属された頃のままだ。あるのは電話にパソコン、可愛いキツネの置物。ボールペンなんてどこにもないように見えるけど。

《そのキツネ、よく見てみろ。しっぽの部分が取り外せるようになってる》

（え？　……あ！）

紅葉さんに言われて見ると、ぴんと立っているキツネのしっぽの付け根に細い溝《みぞ》があった。こっそりと手を伸ばし、取り外してみる。しっぽの部分がボールペンになっていた。

（可愛いなぁ。私もこういう変わり種みたいなの、買おうかな）

辰見さんが復帰したら、どこで手に入れたか聞いてみよう。

今日は何だかついてない……という私の心配は杞憂《きゆう》だったのか、午前は何事もなく過ぎていった。昼休憩中に見たときスマホの電池残量は微々たるものになっていたが、まだ切れてはいなかった。

しかし、午後一でちょっとした事件が起きた。

「犬牧さん、四時からの鷹匠《たかじょう》先生との打ち合わせ、場所が変更になったわ」

昼休憩から戻って席に着こうとしたところで、猿渡課長に声をかけられた。

「会議室をどうしても譲ってほしいって、人事部に言われて。だから七階のセミナー室に変更。前に言った資料を持ってきてね」

「わかりました」

来年度以降、新しく東洋医学の授業を開講しようという動きがあり、そのための打ち合わせだった。といっても、やはりメインで話すのは先生と課長で、私は資料準備や書記などのサポート役だ。

《灯子》

紅葉さんが呼びかけてくる。

《念のため場所を確認しておいた方がいい。さっきは口頭で言われただけだからな》

(……どういうこと?)

訳がわからないまま、本日二度目、ウェブ上で部屋の予約システムを開く。課長に言われた七階のセミナー室の状況を照会して、ようやく紅葉さんの言う意味がわかった。予約者の欄に課長の名前はなく、別の部署が予約を入れているようだった。

（でも課長、さっき確かに七階のセミナー室って）

《そうだな。言い間違えたのかもしれないし、あるいは》

（あ……）

そういえば前にも、課長が私に目を付けているんじゃないかと、紅葉さんから注意を促されたことがあった。共有フォルダのデータを書き換えた形跡を見つけたときのことだ。だとしたら今回も、課長は私にわざと嘘の場所を教えた？　私に部屋を間違えさせるために……？

《見てみろ。課長さん、本当は十階のセミナー室を予約している》

十階セミナー室の予約欄には「猿渡京子《きょうこ》　十六時～十七時　課内打ち合わせ」と記入されている。

（どうしよう。私、本当に目付けられるようなことをしたのかな）

猿渡課長については、職員達の間で様々な裏話と憶測《おくそく》が飛び交っている。まず、現理事長の遠い親戚だということ。課長がこの大学の採用試験を受けたとき、理事長はまだ一講座の教授だったらしいが、コネがあったのではないかということ。そして今も強い権力を持っていて、彼女の機嫌を損ねた事務員は即、追い出し部屋に異動させられるのではないかということ。

どこまでが事実でどこまでが噂か、私には判断がつかない。そもそもこの大学に追い出し部屋のような部署なんてあるのかどうかも知らないが、知らないからこそ怖くなる。

キーボードを打つ手を震わせていると、紅葉さんがまた例のごとく「ははっ」と笑う。

《灯子、大丈夫だ。俺がついてる》

（あ、ありがとう）

やっぱり頼もしく感じてしまう。電話対応などの基本的なことはできるようになってきたけど、私、まだ紅葉さんに助けられっぱなしだな……。

「すみません」

カウンターの方から声がする。見ると学務課の窓口に一人の女子学生が来ていた。

「一学年の者なんですけど、あの、お願いしたいことがあって」

どこか幼い印象のある子だった。化粧を全くしていないのもあるが、窓口に来るだけで少し緊張しているようで、まだ大学生活に慣れていない様子だ。

しかし、彼女はおどおどした口調でとんでもない要求をぶつけてきた。

「この大学が保護者に成績を送付してること、うちの親に知られないようにしてほしいんです」

「……はい？」

思わず気の抜けた声が出て、失礼な感じになってしまう。

水都医科大学では毎年九月と年度末の二回、保護者や保証人宛《あて》に学生の成績を送付している。医科大学に限らず、最近はこういうことをしている大学は多いらしい。しかし個人情報保護のため、送付するのは学生本人の同意を得ている場合だけだ。

「あの、入学時に同意確認書を提出していただきましたよね。『同意しない』の方にチェックをつけていれば、送付は行いませんので……」

「そうじゃなくて、この文面を消してほしいんです」

学生は持っていたスマホの画面を私に突きつけた。うちの大学の公式ホームページが表示されていた。

「保護者向けページのここに書いてあるじゃないですか。『学生の成績表を、保護者あるいは保証人の方々へ送付しています』『学生本人からの同意がない場合、送付は行いません』って。これを親に見られたら、私が同意しなかったことがバレちゃいます」

一気に説明した後、学生は少し息を整えてから脅《おど》すようにこう言った。

「そうしたら、うちの母、間違いなく大学に電話をかけてきますよ」

「ひえっ？」

自分の大学時代の記憶がフラッシュバックした。私も母に全く同じことをされたからだ。私の通っていた大学は成績送付を行っていなかったのだが、成績を見せずにいると、母がいきなり大学に電話をかけた。「娘の成績は大丈夫なんですか!?」って……。

学生は要望を言うと、あとはうつむいて黙り込んだ。

わかる、わかるよ、あなたの気持ち。感情移入しまくってしまい、私は紅葉さんにすがりついた。

（紅葉さん、何とかできないかな）

《いやいや、どう考えても無茶な要望だろう。だけど灯子一人で手に負えないようなら、ひとまず上に報告――》

（紅葉さん？）

突然紅葉さんの声が途絶えた。まさか、このタイミングでスマホの電池残量がなくなった？　それで神社アプリの通信が強制的にオフになったのだろうか。

とにかく今は、紅葉さんが言いかけたとおり上に相談するしかない。相談するなら主任、いや課長か。事務室内を見渡したが、二人とも席を外しているようだった。

「恐れ入ります。今すぐには対応を判断できかねますので、上の者に伝えて、後日お返事させていただいてよろしいですか」

これでこの場は何とかなるかな、と思ったのも束の間、

「お返事をお待ちしている間、文面を非表示にしておいてもらえませんか」

学生は私の目を真っ直ぐに見て、大真面目な様子で言う。

今まで紅葉さんを頼りきっていたツケが、こんなところで回ってきた。紅葉さんがいればきっと的確な指示をくれたと思うけど、私一人では何も考えつかない。

無力感からふつふつと怒りがこみ上げ、全身がかっと熱くなった。そして、私の怒りは完全に場違いな方向へと向かってしまった。成績を見せるのが嫌なら、母親に直接そう言えばいいじゃないか。どうしてこの子は、自分の母親には何も言えないくせに、事務員には平気で無茶な要望を突きつけてくるのだろう。

前に猪谷さんが言っていたとおり、事務員はいつだってサンドバッグなのかもしれない。だけど、人間でもあるんだから――これ以上黙っていられない。

「大学のホームページはたくさんの人が利用するものです。あなたの都合だけで、簡単に変えることなんてできません」

睨《にら》むように私を見ていた学生の表情が、一気に崩れた。

いつもと違う自分の声や話し方に、私自身も驚いていた。何だか私が私じゃないみたいだ。まるで――

「自分さえよければいいんですか、あなたは」

自分が学生に向けて放ったその言葉が、頭の中である人物の声に変換されて鳴り響いた。

幼い頃から幾度となく私に浴びせられた言葉。

今の私、まるで、私のお母さんみたい。

学生の顔がみるみるうちに真っ赤になった。目から涙がこぼれた。

「ちょっ……犬牧ちゃん、何やってんの!?」

兎月さんが席を立って駆けつける。

「学生が泣いてる」

「あの子が泣かしたのか」

四方八方から声が聞こえてくる。

最低だ。電話対応に慣れてきたくらいで、私は一人前に近づいたと勘違いしていた。紅葉さんと通信できなければ、仕事ができないどころじゃない。

ちょうど席を外していた主任が事務室に戻ってきて、兎月さんから学生の対応を引き継いだ。私は震える足で自分の席に戻り、学生と話している主任の背中を見ながら祈った。

どうか、主任に嫌われませんように。

直後、我に返って絶望した。自分のことしか考えていないのは、私の方じゃない……。学生を泣かせて、皆に迷惑をかけて、それで真っ先に考えるのが「主任に嫌われたくない」だなんて――最低だ。


帰宅後、電気もつけないまま薄暗い部屋の中でスマホを充電した。光る画面に表示されている神社アプリのアイコンは鳥居の絵になっている。昼間電池が切れたとき、強制的に通信オフの状態に戻ったようだ。

学生に怒りをぶつけたときの、全身の火照《ほて》りはとっくに冷めていた。血の通わないような冷たい指先でアイコンに触れ、通信を入れた。

《うわ、暗くて何も見えない》

すぐに紅葉さんの声が聞こえてきたので、少しほっとする。

「ごめん。部屋散らかってるから見られたくなかったの。だけど、話したくて」

床の上で膝を抱え、閉じたカーテンを見つめた。少し隙間《すきま》ができているが、北向きの窓からはほとんど日が差さない。

「紅葉さんは、『私が心の中で紅葉さんに向かって言った言葉』を聞けるけど、私の心を読めるわけではないんだよね」

《それは、そうだが……》

そうだよね。もし私の心を読めていたら、私を助けようなんて思うはずないもの。

「私はいつも、自分のことばかり考えているのよ」

神奈川の実家にいた頃のことを紅葉さんに話した。誰かに家族の話をするのは本当に久しぶりだった。

私は実の父親と会話をしたことがない。

離れて暮らしていたわけではない。父は家の中で言葉を口にしないのだ。理由はわからないが、朝起きてから会社に行くまで、そして帰ってきてからも、一切口をきかない。「おはよう」「いってらっしゃい」「おかえり」――妙に明るい母の挨拶《あいさつ》は、ことごとく無視される。石像のような父の無表情は本当に怖くて、私は母みたいに話しかけることすらできなかった。

家の廊下を歩いていると、ときどき父の部屋から話し声が聞こえてくることがあった。おそらく誰かと電話しているのだろうと思った。相手は友人か、仕事仲間か。閉ざされた扉に耳を押し当てても、会話の内容までは聞き取れなかった。が、家族に見せている顔からは想像もできないくらい、明るい声だった。

父がどんな仕事をしているのか、私は今でも知らない。わかっているのは、専業主婦の妻と娘を養えるくらいの収入があったということだけだ。

家で母と私が二人きりのとき、母はずっと私に愚痴《ぐち》を吐いていた。あんなやつと結婚したのは間違いだった、本当は教師を辞めたくなかった、生きていても楽しいことなんて何もない――と。父との間に具体的に何があったのかなんて、聞けるような雰囲気ではない。話せば話すほど、憎しみも悲しみも増していくような、そんな母の姿を見るのが辛《つら》かった。私にできることはないか、何とかして母の役に立てないかと、話を聞きながら私は考え続けた。

偶然にも誕生日が同じ父と母だが、家族で祝ったことは一度もない。小学校六年生のとき、ホールケーキをプレゼントすれば皆で祝えるかもしれないと思いつき、貯めていたお小遣いを握りしめてケーキ屋に予約をしに行った。

無事に予約を終えて店を出ようとしたとき、同級生とそのご両親に出くわした。

『灯ちゃん、一人で買いにきたの？』

そう尋ねてきた同級生のあどけない表情や、仲の良さそうなご両親の姿を見ていると、悲しくてたまらなくなった。うちみたいな家もあるとわかってもらいたくて、彼女に家族のことを全て話してしまった。

だけど、それはいけないことだった。

『そ、そうなんだ……大変……だ、ね………』

彼女は一瞬にして顔を引きつらせ、半歩後ろに下がった。ご両親も彼女と同じ顔をしていた。拒絶の顔だ。私の悲しみは、彼女達の範疇《はんちゅう》になかった。

私達家族の噂は、あっという間に学年中、近所中に広まった。

『どうしてくれるの！　もう恥ずかしくて外を歩けないわ』

母は私の身体をつかみ、床に叩きつけるようになぎ倒した。手を上げられたのは、後にも先にもこの一度だけだった。

『そんなに私の話を聞くのが嫌だったの？　何の役にも立たないんだから、せめて話くらい聞きなさいよ。私がこんなに苦しんでいるのに……自分のことしか考えてないのね。自分さえよければそれでいいのよね、あなたは！』

違う、と自信を持って反論することができなかった。母の愚痴を聞くのは辛かった。聞きたくなかった。それは事実だ。

誕生日ケーキの予約はキャンセルされた。キャンセル料がかかる前だったので、お金は全額戻ってきた。けれど私にはもう、買いたいものがなかった。役立たずな自分なんかのためには、どんなものも何一つ欲しくなかった。

「水都医科大学に就職が決まったとき、学務課に配属されたとき、私、頑張ろうって思ったの。少しでもこの大学の役に立てるように」

それなのに毎日毎日考えることといえば、ミスして辛い、恥ずかしい、皆から嫌われてしまう、嫌われたくない——そんなことばかり。

「お母さんの言うとおりだった。私は自分のことばかり」

人の成長に携わりたくて教育業界への就職を目指したのに、人の成長を助けるどころか、自分自身がまだ大人になりきれていないのだ。

「もうすぐ二十四歳なのに、大人よりも子どもの気持ちの方がよくわかる気がしてしまうの……」

《灯子》

涙が出そうになり、両膝に顔をうずめた。視界が真っ暗になる。

《俺の胸に飛び込んでこい！　とか言えたらカッコいいのかもしれないが、そういうわけにもいかないからな……》

「ふふっ」

真面目に困り始めた紅葉さんが何だか可笑《おか》しくて、つい笑ってしまった。

「そうね、ごめん」

顔を上げると、不思議なことに涙はひいていた。充電中のスマホから、淡く光るような紅葉さんの声が言う。

《けどな。たとえ俺が幽霊じゃなかったとしても、こういう場面でお前を抱き締めたりはしないぞ。木虎主任がいるからとか、そういう理由じゃなくて……灯子の苦しみは、他の誰かが慰《なぐさ》めて消せるようなものではないからだ。それに、灯子はもう大人だからな》

「大人……私が？」

《ああ。苦しみは消えない。誰かが消してくれるものでもない。腹に収めて、一人で立って歩くしかないんだ。それが大人になるってことだ》

「大人になるということ……」

仕事をしていると、周りが皆凄《すご》く大人に見える。トラブルがあっても難なく対応している。ときどき理不尽な要求やクレームを受けても、その場では丁寧に受け答えして、その後は「やだなぁー、もう」と笑って流しているように見える。

だけど紅葉さんの言うように、本当はそれぞれに苦しみを抱え、自分の中に収めているのかもしれない。笑顔で、ぴんと背筋を伸ばして。チームの皆も、木虎主任も。

紅葉さんもそうやって生きていたの？

《灯子、一つ提案があるんだが》
「え、何？」
《前に通りかかった近所のケーキ屋、まだ開いてるか？》
　床に置いたスマホで時間を確認する。午後七時四十五分。
「確か九時までなら開いてたと思うけど……」
　閉店時刻を調べたことはない。けれど、毎日通りかかる度に様子をうかがっていたから、何となくわかる。九時過ぎ頃に見たときは、窓のシャッターが閉められ、店じまいをしているようだった。
《今から買いに行ってみないか？　自分一人のためだけにケーキを買ったって、いいじゃないか》
　まるでデートに誘うみたいに紳士的な、だけど少しおどけた感じで紅葉さんはそう言った。

　七月下旬でも、さすがにこの時間はすっかり日が暮れて真っ暗だった。アパートを出て道路沿いをしばらく歩き、角を曲がると、少し離れた交差点の一角にケーキ屋が見える。

橙《だいだい》色の明かりが店内を明るく照らしている。

「いらっしゃいませ」

　私よりも若そうな店員さんが挨拶してくる。もうすぐ閉店という時間なのに、全く疲れを感じさせない笑顔で。

（私の好きなのを選んでいいんだよね）

《当たり前だろ》

　ショーケースの中のいくつかは品切れ状態だった。けれど、残ったケーキの中に今まで見たことのない、気を引かれるものがあった。

（このキャロットケーキっていうの、初めて見る。美味《おい》しいのかな）

《食べてみないとわからないな》

（そりゃ、そうだけど）

《失敗を恐れるなよ、灯子。不味《まず》かったら笑ってやるから》

　紅葉さんに背中を押され、店員さんに声をかけた。

「キャロットケーキ一つください」

「かしこまりました」

　一つだけ？　という顔をされるかと思いきや、店員さんは笑顔のまま応じてくれた。

さらに、

「店内でお召し上がりですか」

店の外から見ているとわからなかったが、奥にカウンター席のみの飲食スペースがあるようだった。ラストオーダーは八時までらしく、今ならギリギリ間に合う。

「はい。じゃあ……ホットのカプチーノもください」

飲食スペースはこぢんまりとしていて、閉店間際だからか、四つあるカウンター席には誰も座っていなかった。四角い型で焼いてスライスされた形のキャロットケーキは、断面からレーズンやナッツが顔を覗《のぞ》かせ、上には白いフロスティングがかかっている。

（美味しい）

《くそう、味覚も共有できればよかったのに》

（あ……ご、ごめん）

《食レポを頼む》

（え？　えーと。甘いんだけど、何だろうこれ、シナモン？　が効いてて、甘ったるくない甘さで）

自分で言っててよくわからなくなってきたけど、とにかく美味しい。買う前に「美味しいんだろうか」なんて迷っていたのが、馬鹿《ばか》馬鹿しく思えるくらい。

一心不乱にケーキを食べる私に、紅葉さんは言った。

《たぶん灯子は、人の役に立ちたい気持ちが凄く強いんだろうな。だから失敗して役に立てなかったら、自分に存在価値がないように感じてしまうんじゃないか》

そうだと思う。母の役に立てず、家の中に自分の居場所がないように感じていた。それで家を出てきたけれど、就職した大学でも私は失敗ばかりで何の役にも立たない。

（うん。だから仕事が辛くなった。私は失敗するから、役に立てないから、誰か私の代わりに働いて……って思った）

《今時って新卒も即戦力になることが求められる空気だしな》

（そうね。どの職場も新人が育つのを待つ余裕なんてないって聞くし）

何だか世間話みたいになってきたなと思いながら、キャロットケーキを食べ終えた。まだ半分ほど残っているカプチーノのマグカップを手に取ったとき、紅葉さんが言った。

《だけど俺は、何もできなかったり、失敗して周りに迷惑をかけたりする時期があってもいいと思う。仕事に限ったことじゃなくてな。人間にはきっと、そういう時期が必要なんだ》

（そうなのかな）

《そうだよ。だから灯子、苦しいときこそ自分をうんと甘やかすんだぞ。好きなものを買

って、食べて……そしてまた、歩き出せばいいんだよ》

マグカップの中ではふんわりとした泡が溶け残っている。紅葉さんの言葉も、泡のように柔らかく優しかった。

（うん。ありがとう）

何の役にも立たない自分が、自分の楽しみのためにお金を使うなんて、とんでもないと思っていた。だけど今、紅葉さんの優しい声を聞いていると、それはいけないことではなかったんだと思えてくる。

同時に、私の中にもう一つ、今までになかった気持ちが生まれた。

（紅葉さん、私、自分の力で仕事ができるようになりたい。紅葉さんに頼ってばかりじゃなくて。きっと失敗もたくさんすると思うけど……そうしないと私、いつまでたっても大人になれない）

私が感情をぶつけたせいで泣いてしまった学生の顔を思い出した。あんなことは二度としたくない。それに、紅葉さんの指示に従ってばかりの私を見て「人が変わってしまったように見える」と心配していた主任のことを思うと、耐えがたいほど胸が苦しくなるのだ。何の役にも立たない私だけど、主任のように気にかけてくれる人もいる。今ようやくそのことに気づいた。

店内は冷房が効いていて、少し肌寒いくらいだった。カプチーノで身体を温め、ほっと息を吐く。子どもの頃の苦しみや、今のふがいなさが、ほんの少しだけ和《やわ》らぐ心地がした。

《灯子が大人になっていくのを助けるために、俺は灯子と引き合わせられたのかもしれないな》

紅葉さんが言った。

私達が繫《つな》がったのは同じ神社で願い事をしたのがきっかけかもしれないと、最初に出会ったときから紅葉さんは推測していた。そして「代わりに働いてくれる人が現れますように」という私の願いを叶えてくれた。

今も私の背中を押してくれている。

だけど、紅葉さんの願いはどうなるのだろう。彼が生前の素性を思い出せない限り、どんな願い事をしたのかもわからない。わかったとしても、彼が死んでしまっている以上、もはや叶えることはできないのだろうか。

何か私にできることはないだろうか。紅葉さんのために。

そんな無謀《むぼう》にも思える試みを、私は考え始めていた。

第三章　#新卒5ヶ月目

……「ありがとう」と「こちらこそ」

「犬牧《いぬまき》、朝礼しようか」

八月第一週目の金曜日、私達のチームは私が配属されて以来最低の出勤率となった。六人いるメンバーの中で、チームの朝礼時に顔を合わせたのは私と木虎《きとら》主任の二人だけだったのだ。

「朝礼っていうより、個人面談みたいやな」

「そうですね」

主任が朝一はんなり京都弁で、少し気まずそうに言う。

辰見《たつみ》さんは休職が続いている。牛尾《うしお》さんと猪谷《いがや》さんは夏季休暇を取得中。兎月《うつき》さんは出勤予定だったが、今朝主任宛《あて》に「すみません、息子が電子レンジを爆破してしまいました。少し遅刻します」とメールが来ていたそうだ。

《大惨事《さんじ》じゃないのか……本当に「少し遅刻」だけで済むのか?》

さすがの紅葉《くれは》さんも困惑している。

息子さんは小学校三年生らしいから、今は夏休み中だ。ちなみに水都《すいと》医科大学も、八月の頭から約三週間は全学年共に講義および実習が休みとなっている。

職員は七月から九月までの間に五日間、基本的には各自の好きな日程で夏季休暇を取得できる。学務課でこの時期に忙しいのは、卒業試験の準備がある六学年担当のチームだ。

それ以外のチームは学生がほとんど通学していないということもあって、割と時間に余裕がある。

他の部署も休暇を取っている人が多いのか、事務室全体がいつもより閑散《かんさん》としているようだった。

「二学年の実習説明会の準備、進捗《しんちょく》はどう？」

「実習施設紹介の原稿は、ほとんど回収できてます。週明けを締め切りにしているので、提出がまだの施設には督促《とくそく》しておきます」

「わかった。八月中には一度、熊野《くまの》先生と打ち合わせしたいから、それまでに資料準備できるように頑張ろう」

「はい！」

入職四ヶ月が過ぎ、私に初めて大きな役割が回ってきた。以前から準備を進めている、二学年の学外での実習に関する業務だ。九月上旬に学生向けの実習説明会があり、私がその主担に抜擢《ばってき》されたのだった。

自席に戻ると、パソコンにメールが一通届いていた。先月主任と一緒に訪問した南里《みなみさと》病院からだった。

水都医科大学　学務課 犬牧様

お世話になります、南里病院の斑鳩《いかるが》です。

早期臨床体験実習の学生向け実習施設紹介ページの原稿を送付します。

ご査収の程、よろしくお願いいたします。

《おぉっ。原稿のクオリティ高っ！》

（本当。これ全部、斑鳩先生が書いたのかな）

説明会では学生に実習要綱の冊子を配付する。冊子内には実習施設の紹介ページがあって、それぞれの施設に原稿の作成を依頼している。ほとんどの施設は去年の使い回しか一部修正するくらいだが、今年初めて実習先になる南里病院は一から作成してもらうしかないので、結構な負担だったのではないかと思う。

（見て、矯正《きようせい》医官の先生のコメントも載ってる）

病院訪問のときに交渉したとおり、多様な働き方を推進する取り組みについても書かれてあった。学生は説明会の後、これらの実習施設紹介ページなども参考にして、どの施設で実習を受けたいかの希望を提出することになっている。

《今日は一日、実習説明会の準備か？》

（うん。これから当日使うスライド資料に手つける）

《そうか。なら俺の出番はなさそうだな》

実習説明会の主担になることが決まった日に紅葉さんと話し合って、この業務に関しては彼の助けを借りずやってみようということになった。一応通信は入れっぱなしにしているが、助言はしないという取り決めを交わしている。

「お疲れ様ですー。遅くなっちゃって、すみません」

汗だくで現れた兎月さんは、崩れ落ちるようにして向かいの席に座った。

「お疲れ様です。息子さんは大丈夫でしたか？」

正しくは「電子レンジは大丈夫でしたか？」なのかもしれないけど、息子さんの方も心配だ。兎月さんの話を聞くと、どうやら息子さんが爆破したのは電子レンジというより、電子レンジに入れた食べ物の方らしい。

「レンジで玉子焼き作ろうとして、加熱時間を間違えたら中で大爆発よ」

レンジ内に飛び散りまくった卵の処理に手間取り、電車に間に合わなかったのだとか。

何とフォローを入れるべきかわからず「息子さん、夏休みなのに早起きして偉いですね」と苦し紛《まぎ》れに言った。

「今日は友達とプールに行くんだって。予定がない日は昼まで寝てるわよ」

兎月さんには息子さんの他、三歳と六歳の娘さんもいる。夏休みにあたる時期は大学の仕事は落ち着いていても、家の方はいつもより忙しいのかもしれない。

「兎月さん、あの、後で五分ほどお時間いただけますか」

相談したいことがあり、兎月さんが作業モードに入る前に声をかけた。以前までは、困ったことがあっても相談できないまま時間が過ぎてばかりだった。声をかけるタイミングがつかめないし、自分の相談事のせいで相手に時間をとらせるのが申し訳なかったからだ。だけど、前に紅葉さんはケーキ屋で私に言ってくれた。周りに迷惑をかける時期があってもいいと。人間にはそういう時期も必要だと。

あの日以来、少しずつではあるものの、周りに助けを求められるようになってきた。というか、助けを求めないと、とてもじゃないが新人に一業務の主担なんてできない。

「今でもいいわよ。何?」

「ありがとうございます。実習説明会で使うスライド資料のことなんですけど」

説明会当日は、大講義室のスクリーンにスライド資料を映しながら説明を行う。まずオーガナイザーの熊野先生から実習の心構えや注意事項についての説明。その後に事務局から、実習先の決定方法や実習後のレポート提出についての説明。事務局からの説明は私がすることになっている。

事務局説明用のスライド資料は長年同じものをベースに修正しながら使っていて、去年は辰見さんと兎月さんが修正を担当していたらしい。今年は私と兎月さんが二人で担当している。私は作りかけのスライド資料を印刷し、兎月さんの席に持っていって質問した。

「ここのデータを最新版に書き換えたいんですけど、参照元がわからなくて」

「えーと、それね。どこから引っ張ってきたんだったかな……」

ネットで検索しながら、兎月さんがぽつりとつぶやいた。

「前から思ってたけどその資料見にくいよね」

「へ？」

私は手元の資料に視線を戻す。そう言われてみれば、確かに色々とずさんな資料かもしれない。いつ誰が最初に作ったかわからないものを悪く言うのは気が引けるが、文字が多すぎて読みづらく、写真や図は小さく控えめ。今データの参照元がわからず困っているが、そもそも参照元は資料に明記しておくべきなのでは……？

「この際、全体的に見直してみますか？」

せっかくだからより良いものにしたい。単純にそう思って提案したのだが、兎月さんは急にぎょっとした顔になって私の方を振り向いた。

「い、いや、そこまではしなくていいと思うよ」

「そうですか？」

「そうよ。資料が多少見づらくても、犬牧ちゃんの話術でカバーできるって」

自分から資料が見にくいって言ったくせに……と、少し不満に思ってしまう。それに何をどう考えても、自分が喋《しゃべ》りの上手《うま》い人間とは思えない。この大学の最終面接では、理事長相手に終始緊張してガチガチだった。どうして採用されたのかわからないくらい。

大学の事務員になって気づいたのは、思っていたよりも人と話したり、人に説明したりする機会が多いことだ。不安でいっぱいだけど、頑張るしかないんだろうな。

「犬牧」

兎月さんとの相談を終えて自席に戻った直後、木虎主任が声をかけてきた。手に資料入りのクリアファイルを持っている。数日前に作成してチェックをお願いしてあったものだ。

「作ってもらった実習要綱の『実習スケジュールについて』のページ、問題ないからこれで進めてくれ」

「ありがとうございます！」

「というか、昨年度のページと比べてレイアウトが変わっていて驚いた。見やすくなるように工夫してくれたんやな」

「え、ええと」

久しぶりにはんなり口調で褒められ、嬉《うれ》しいものの何と反応していいかわからなかった。実は、レイアウトを変更したのは私の発案ではないからだ。

先日、パソコンで実習スケジュールのページを作っていたとき、偶然席の後ろを通りかった牛尾さんが画面を一目見て「それ見にくくない？」とド直球のダメ出しを投げてきた。さらに、空いている辰見さんの椅子《いす》を持ち出して私の横に座り、「ここの字体はゴシックの方がいい」「この見出しは中央に寄せた方がいい」など細かく意見をくれて、最終的には見違えるようなページが完成したのだった。牛尾さんはいつもデスク周りとかがお洒落《しゃれ》だなと思っていたが、綺麗《きれい》な文面を作るのも得意らしい。

主任の前で固まっていると、今日は出番なしと言っていた紅葉さんがたまりかねたように声をかけてきた。

《前にも言っただろう。褒められたら素直に「ありがとう」だ》

それはわかっている。だけどそれだけではいけない気がして、私は主任に言った。

「ありがとうございます。でも、そのレイアウトは私が考えたんじゃないんです」

「え？」

「牛尾さんが見やすくなるようにアドバイスくださって」

「へぇ、牛尾が」

主任は感心したように、切れ長の目をぱちぱちさせながら改めて書類を見た。そしてその後、思い出したように私に言った。

「今やってる作業が一段落したら、学務課の倉庫に来てくれるか」

何だろう、告白かな。

三秒ほど頭の中にお花が咲き誇ったのだが、いやいや、私は何を自惚《うぬぼ》れているんだ。

「兎月さん、すみません。倉庫に行ってる間、窓口業務お任せしちゃいますけど」

「いいよいいよ。どうせこの時期、誰も来ないし」

兎月さんはいつもの飄々《ひょうひょう》とした笑顔に戻っている。私がスライド資料の見直しを提案したとき、ほんの一瞬見せた表情は何だったんだろう。

主任は一足先に倉庫へと向かい、私は作業を切りのいいところまで進めようとする。

そんな中、予想外のことが起きた。

《どうして主任にあんなこと言ったんだ》

(あんなことって?)

《レイアウトを考えたのは牛尾さんだってこと》

私にとっては、どうして紅葉さんがそんなことを質問するのかが不思議だった。私はただ事実を言っただけだ。

（事実だから言ったんだよ。それが当たり前じゃないの？）

《事実であっても、別にわざわざ言う必要もないことだろ。言わなければ主任からの評価が上がってたのに》

紅葉さんの言う意味がわからない。確かに、ただ「ありがとうございます」とだけ言っていたら、主任が事実を知ることはなかっただろう。だけど、それでは牛尾さんの手柄を横取りすることになる。いくらバレないからといって——

「ダメだよ、そんなの！」

両手でバンッとデスクを叩いて立ち上がった。次の瞬間、ゴミを見るような冷たい視線を四方八方から向けられた。紅葉さんと会話するときは心の中だけで話しかけるようにしていたのに、思わず声が出てしまったせいだ。

「あ、あの、すみません。つい自分で自分にダメ出しを……」

恥ずかしすぎる。また紅葉さんに「ははっ」と笑われるんだろうなと思いきや、笑うどころか紅葉さんはしばらく何も声をかけてこなくなった。

作業が一段落し、倉庫のある階に向かおうとしたとき。

《さっきは悪かった》

耳を疑ってしまったが、紅葉さんは確かにそう言った。

（え。あの、別に……）

《いや、灯子《ともこ》の言うとおりだ。自分の評価を上げるために事実を隠すなんて間違ってる》

いつも自信たっぷりに話す紅葉さんなのに、今はため息でもつきそうな声だ。私も動揺してしまい、エレベーターに乗ろうとした瞬間、敷居溝につまずいて転びそうになった。

《今日はもう、通信を切ってくれないか。俺がまた何か余計なことを言わないように》

紅葉さんからこんな提案をされたのは初めてだった。胸がざわざわしたが、今の気まずい空気のまま通信を入れっぱなしにしておくよりは良いのかもしれない。

（わかった。だけど大学を出たら通信を入れ直して、今日あったことを報告するね。それでいい？）

紅葉さんはあっさり承諾《しょうだく》してくれた。神社アプリの通信を切った直後、そういえば紅葉さんと意見が食い違うなんて初めてだったなと気づいた。

胸の奥にずんと重みを感じる。エレベーターが上っているからだ、重力のせいだと自分に言い聞かせた。

学務課の倉庫は、学舎の高層階の一角に位置している。中に入るのは配属初日に学舎内を案内されたとき以来だ。人一人がかろうじて通れるくらいの間隔でスチール棚が並んでいて、棚の中は段ボールやプラスチック製のコンテナでびっしり。一見しただけでは、何がどのくらい保管されているのかもわからなかった。

「主任、お待たせしました」

「急に呼び出してすまない。OSCE《オスキー》対策授業用の物品の在庫確認を手伝ってほしくて」

OSCEというのは全国の医科大学や医学部の学生を対象に行われる試験の一つだ。

医学教育のカリキュラムは大きく二段階に分けられる。主に大学で授業を受ける段階と、「スチューデント・ドクター」として医療機関で一部の医療に参加しながら実習を行う段階。スチューデント・ドクターの資格を得るには、CBTとOSCEという二つの試験に合格しなければならない。CBTは知識を測る学科試験、OSCEは基本的な診療や手技の力を見る実技試験だ。

試験の実施時期は大学によって異なるが、四学年の夏〜冬のどこかで実施するところが多いらしい。水都医科大学では毎年CBT、OSCE共に四学年の一月頃に実施されている。二つの試験に合格することができれば、二月から早速スチューデント・ドクターとして附属病院での実習が始まる。

「このリストに必要な物品と個数が書いてあるから、在庫が足りているかを確認していってくれ」

「わかりました」

ＣＢＴもＯＳＣＥも学内で実施される。特に実技試験のＯＳＣＥは、試験自体は一日で終わるものの準備には相当な時間がかかり、運営にあたる私達のチームにとっては試験前が一年間の中で一番の繁忙期になるらしい。また、直前になると授業でＯＳＣＥ対策の演習も行われる。

「……」

二手に分かれて別の棚を見ているせいもあってか、会話はほとんどなかった。こんなときに限って、以前「人が変わってしまったように見えることがある」と言われたことを思い出してしまう。

少し気まずいかも、と思っていると、奥の棚の方から主任の声がした。

「犬牧、平気か」

「え？」

「あ、いや。事務室と違ってここは冷房がないから、結構なついなと思って……」

私が返事に窮《きゅう》したせいで、再び空気はしんと静まり返った。

なつい、って言ったよね、今。若者言葉の「懐かしい」のことかな……いや、たぶん違う。何て反応するのが正解……？

「あの、お気遣いいただいて――」

「す……すまない。今のは『暑《あつ》い』って言おうとして……『夏《なつ》』と混ざってしまって」

あ、自分からネタばらししてきた。あえて触れないでおこうと思ってたのに。

ちらっと棚の陰《かげ》から覗《のぞ》くと、主任の横顔が見えた。手のひらで顔の下半分を覆《おお》い、耳の端っこが少し赤くなっている。

もしかすると、主任の方も沈黙が気まずかったのかもしれない。それで話しかけようとしてくれたものの、テンパっちゃったとか。そう思うと急に気持ちが楽になった。

「ガウンに手袋……着替えるところもやるんですか？」

「そうだ。実際の医師の診療と同じように使い捨てるから、人数分が必要」

小物はコンテナにまとめて入れられてあり、大きなものはシートを被せた状態で棚の外に置かれていた。

「わっ、死体⁉」

凹凸《でこぼこ》の目立つシートをめくると、現れたのは死体……ではなく、作業着のような服を着た等身大のマネキン人形だった。主任が珍しく声を上げて笑う。

「その人形、アンドロギュノスって名前がついてるんよ」

「なんか怪獣みたいな名前ですね」

「俺もよく知らんのやけど、古代ギリシャの哲学者の話に出てくる両性具有のことらしい。顔が男か女かわからないからって、猪谷が名付けた」

猪谷さん、意外と物知りだ。それに、「仕事は生活のためと割り切っている」なんて言いつつも、業務の中でちょっとした笑いを見出《みいだ》すことにかけては、彼女は人並み外れた才能を持っていると思う。

主任の説明によると、人形は救急の実技で使われるらしい。診察の実技では主に患者役の生身の人間を相手にするが、救急は胸骨圧迫や人工呼吸も行われるので、シミュレーターとして人形を使用するそうだ。

何だか今日の主任、いつもよりよく喋る気がする。少し前までは部下を避けているんじゃないかと思ってしまうくらい、そっけない感じだったのに。そう思っていると、突然こんなことを言われた。

「犬牧、配属したばかりのときと比べてどんどんエネルギッシュになってるな」

「え？　そ、そうですか？」

アンドロギュノスにシートを被せ直し、主任の方を見た。主任は奥の棚をチェックしているようで、こちらに背中を向けている。

エネルギッシュだなんて今まで一度も言われたことがないけど、喜んでいいんだよね。

「スライド資料を全体的に見直そうって言ってるのを聞いて、やる気満々だなーって思った」

どうやら先程の兎月さんとの会話を聞かれていたようだ。そこまではしなくていいと、引き気味に言った兎月さんの顔を思い出して、少し恥ずかしくなってしまった。

「結局、さすがに一から見直すのはやめようって話になったんですけどね。私、ちょっとやる気が空回りしてるかもしれません」

そんなことないよ、という言葉を心のどこかで期待している自分がいた。しかし、わずかな沈黙の後、主任が口にしたのは私にとって都合のいい返事なんかではなかった。

「他人と共同で何かをするのは難しいことだと、いつも思う。一人一人持っているエネルギーの量は違う。考え方や価値観も、置かれた立場も違うから」

主任はそう言った後、仕事に対する兎月さんのやる気が足りないというわけではない、と補足した。彼女は正職員ではないため、何かの業務を中心になって回すことはないが、その分様々な業務のサポートに回ることが多い。今は繁忙期である六学年担当チームのヘルプにもときどき入っていて、これ以上業務を増やせる余裕はない様子らしい。

「そうだったんですね。私、全然そういうことに気が回ってなかった」

スライド資料の作成は私と兎月さんで一緒にすることになっているから、全体的に見直すとなれば彼女にも負担をかけてしまうだろう。だけど今、彼女は業務を増やせる余裕のない状況。家庭のこともあるから残業も難しいと思う。

「兎月さん、穏やかでいつもニコニコしてるだろう。だから仕事を頼みやすいと思われたみたいで、入職した最初の年、周りから次々と色々なことを頼まれていたんだ」

当時まだ転職して間もない頃だった主任も、兎月さんには何かと助けられたようだ。しかし実際のところ兎月さんは常に膨大な作業を抱えている状態で、あるとき堰《せき》を切ったように泣き出してしまったらしい。

「彼女が資料の作り直しに否定的だったのは、昔のことを思い出したからかもしれない。ここで気前よく応じたら、また昔のように次から次へと頼まれ事が増えてしまう、って」

兎月さんの件があって以来、主任は自分だけでなく一緒に働く人達の状況にも気を配らなければと思うようになったという。

「そっか……自分がやる気を出すだけじゃなくて、周りをちゃんと見ながら動かないといけませんよね。なかなか難しいかもしれないけど」

「そこまでわかっているなら、犬牧はたぶん大丈夫だ。俺は若い頃、相手にやる気がないと言って責めてしまいがちだった」

主任の話す声のトーンが、ほんのわずかに低くなったように思えた。先程までと変わらず背中しか見えないので、どんな顔をしているかはわからない。

「そのせいで人を傷つけたこともある」

「え？」

不覚にも、真っ先に思い出したのは牛尾さん達から以前聞かされた「新卒クラッシャー」という言葉だった。主任は前の職場でそう呼ばれていたと噂《うわさ》されている。私は絶対に信じないと決めていたけど、実際に部下との間でトラブルがあったのかもしれない。

そうだとしても今の主任の様子を見る限り、彼が悪意を持って部下を傷つけたわけではないのだろう。何かがほんの少し噛《か》み合わなかっただけなのかもしれない。そして、主任自身も傷ついている。

苦しみは他人に癒《いや》してもらうものではなく腹に収めるものだと、紅葉さんは言っていた。それが大人になるということだと。

だけど私は、今主任が苦しんでいるのだとしたら、何か言わずにはいられなかった。

「木虎主任」

名前を呼ぶと主任は振り向いた。天井からのぼんやりとした光が白い頬《ほお》を照らしている。

「私は大丈夫ですから……」

それ以上言葉が出ず、空気はしんと静まり返った。

何かが変だった。いつもの私なら、こんな場面では恥ずかしくなってすぐに目を逸《そ》らしていただろう。なのに今は目が離せない。

主任の方も真っ直ぐに私を見つめたまま、一歩足を踏み出した。棚の間をゆっくりと歩いて向かってくる。何かを心に決めたような表情にも見える。

あと一歩近づいたら触れそうなくらいのところで、主任は立ち止まった。

「犬牧」

……え、何？　やっぱり告白なの？

いや主任は業務中にそんなことをする人じゃない、と思いつつ、ほんの少し期待している自分がいる。紅葉さんがいたら気まずすぎるが、今は二人きりだ。

心の準備を万端にし、ぱっちりと目を開いて主任と向き合う。

「あの主任、何か――」

「猿渡《さるわたり》に気をつけろ」

一瞬、自分の耳を疑った。

猿渡というのは間違いなく課長のことだろうが、呼び捨てのうえ、並々ならぬ敵意が込められているように聞こえた。

主任は私に対する猿渡課長の行為に気づいているのだろうか。

「ええと、あの」

返す言葉を失っていると、主任は一歩私から遠ざかり、気まずそうに顔をそむけた。

「すまない、言わずにはいられなかった……。できれば、俺からこんなことを言われたとは誰にも知らせないでほしい」

「……」

主任はたぶん、私に対する課長の行為に気づいている。もしかすると私以外にも、課長に目を付けられている人はいるのかもしれない。主任は怒っているようだが、「誰にも知らせないでほしい」というのは、表立って課長と対立するのは得策でないと考えているからだろう。

明らかないじめやパワハラでさえ、揉《も》み消されることが少なくない世の中だ。私が受けているような、パワハラかどうかもわからないくらいの小さな嫌がらせなんて、訴えたところでどうにもならない。下手《へた》をすれば、上司と反りが合わないということで、私が強制的に異動させられるかもしれない。

なぜか小学校時代のあの一件を思い出した。ケーキ屋で同級生相手に、自分の家族について打ち明けたときのことだ。そうだ、私はずっと昔から、声を上げたところでどうにもならない事態もあるとわかっている。声を上げたことによって、事態がさらに悪くなることもあるとわかっている。悔しいけど――仕方がないことだ。

「はい……気をつけます。それに主任から言われたことは誰にも話しません」

私がそう言うと主任はようやく少し安心した表情になり、スライド資料を作り直すなら手伝おうかと言ってきた。

「いいんですか？」

「ああ。それと、レイアウトを工夫するならまた牛尾に相談してもいいかもしれない。彼女の得意分野のようだし、今は業務量的にも余裕がありそうだから」

以前の私だったら、手伝ってもらうことを遠慮していただろう。他の人の時間を奪うのは迷惑だから……と。だけど今は、勇気を出して主任の厚意に飛び込んでみようと決めた。

「あ、ありがとうございます。よろしくお願いします。それと、スライド資料だけに頼るんじゃなくて、当日しっかり説明できるように頑張ります」

そういえば、去年は誰が当日の事務説明を担当したのだろう。もしや主任ではと思い聞いてみると、意外な名前が返ってきた。

「去年は辰見が担当した。大勢の前で説明する業務は初めてだったが、そうとは思えないくらい上手に話せていたよ」

今は休職中で、私がまだ会ったこともない辰見さん。彼の仕事ぶりについて聞くのは初めてのことだった。彼の話題となると、皆はっきりとした物言いを避け、当たり障《さわ》りのないことをぽつぽつ言った後、さらりと話題を変えるのだ。

「辰見さんって結構凄《すご》い方だったんですね」

「凄いってほどでは……明るい今時の若者って感じだよ。大雑把《ざっぱ》なところもあるが、仕事は速くて正確だった。それに、学生とは友達みたいに仲良くなっていたな」

大雑把だけど正確というのが少しピンとこなかったが、元から学生の信頼を得ていたなら、説明会でも話しやすかったのだろうなと思う。

物品の在庫確認を終え、主任と一緒に倉庫を出た。

「うちの大学、学生の夏休みが一ヶ月もないなんて衝撃的でした」

「俺も最初は驚いたが、医科大学では普通のことらしい」

下りのエレベーターに乗り込み、扉が閉まる寸前、白衣を着た先生二人組が走ってきた。慌《あわ》てて「開」ボタンを押し、迎え入れる。

エレベーターが動き出すと、先生達は談笑を始めた。

「耳鼻《じび》科の逢坂《おうさか》先生、阪大《はんだい》病院に転勤らしいよ」

「へえ。いいじゃないか。大阪《おおさか》大学の逢坂《おうさか》です、なんちゃって」

「通勤で毎日モノレールにも乗れーるか」

「はっはっは！」

前に食堂で「聴診、超しんどいー」と言っていた学生達の将来像が見えるようだった。聞かなかったことにしたいけど、この狭すぎる密室ではそうもいかない。

先生二人は途中のフロアで降りてゆく。扉が完全に閉まったのを確認し、主任と顔を見合わせた。主任の表情が何ともいえなくて思わず笑ってしまったが、それは向こうも同じだったらしい。同時に「ふふっ」と笑った直後、エレベーターは二階に到着した。

「さっき転勤になったって言われてた耳鼻科の逢坂先生、前に出張でご一緒する機会があって、話したことがあるんだが……」

主任に手で促《うなが》され、先にエレベーターを降りた。主任はすぐ私の横に並ぶと、うんと穏やかになった声で話を続けた。

「もともと医師を志《こころざ》していたわけではなくて、親が医師だから半ば強制的に進路を決められたらしい」

「そうなんですか」

エレベーターホールの角を曲がると、通路の奥に事務室が見える。私は主任の話を聞きながら、ゆっくり歩いた。

「医師になりたての頃は、命を預かるプレッシャーや医療スタッフとの関係に悩むことばかりで、毎日のように辞めたいと思ったそうだ。理不尽な思いもたくさんしたらしい」

「……」

「だが今は医師になって良かったと思えると、先生はおっしゃっていた。それは患者や一緒に働くスタッフとの関わりの中で、ときどき、ささやかながらも奇跡のような光が差す瞬間があるからだと。先が見えず悩む時期があったとしても、くじけなければ誰のもとにも必ずそういう瞬間は訪れるから……」

主任は私に話しているようでもあり、自分自身に言い聞かせているようでもあった。そして最後に「一緒に頑張ろうな」と言った。

「はい」

「もし課長から何かおかしなことを言われたり、それ以外でも何か困ったことがあったら、俺にすぐ相談してくれ」

「わかりました」

課長と表立って闘うことはできなくても、主任は決して何かを諦《あきら》めているわけではないんだろうなと思った。ドラマのヒーローみたいな大活躍や一発逆転はできない。それでも今の自分にできることを探して、一つ一つ地道にこなしていこうとしている。

（それが大人になるということなんだよね、紅葉さん）

返事がない。そうだ、倉庫に来る前に通信を切っていたんだった。

事務室はもうすぐそこだ。紅葉さんのことも気がかりだけど、私も今は自分にできること、目の前の仕事をきっちりとこなしていこう。

帰宅時の中之島《なかのしま》線の電車内は、夏休み中ということもあってか家族連れの姿もぽつぽつ見かけた。私の向かいの席では小学生くらいの男の子が、鞄《かばん》から星座早見盤のようなものを取り出した。買ったばかりらしく、まだ包装のビニールがついたままだ。そういえば近くに科学館があったっけ。プラネタリウムの帰りなのかな。

エアコンが効いているはずなのに汗が引かない。仕事が終わったら一日の報告をすると紅葉さんに伝えていたものの、今のぎくしゃくした雰囲気の中で話せるだろうか。

いや、ぎくしゃくしているからこそ、ちゃんと向き合って話した方がいい。腹をくくって、神社アプリのアイコンを長押しした。

《――お疲れ様》

聞こえてきた紅葉さんの声がびっくりするくらい優しくて、私は動揺してしまう。

（お、お疲れ様だす）

《ははっ、心の中で言うのに噛むなよ。で、今日の報告は？》

紅葉さんに促され、今日一日のことを思い出す。通信を切った後は主任と倉庫で物品の確認をして、そんな中で――

（木虎主任のことをちょっと深く知れた気がする）

紅葉さんに伝えると、「ブッ！」っと噴き出すような反応があった。

《真っ先にする報告がそれか。いや、まさか倉庫で業務外の何かが起きたのか》

（……ごめん、私の言い方が意味深すぎた。仕事の話をしただけだよ）

チームの先輩達に助けられて実習説明会の準備が順調に進んでいるということも報告した。が、やはり少し様子が変だった。最初はいつもどおり明るく話していた紅葉さんだったが、途中から口数が減っていき、気がつけば私ばかりが話してしまっていたのだ。

そして、

（初めての主担業務で大変だけど、これからも皆と一緒に頑張ろう）

そう私が言ったとき、驚くほど冷たい声がスマホから聞こえてきた。

《それくらいで大変なんて言ってくれるな》

（――え？）

聞き間違いじゃないかと疑ったが、それは確かに紅葉さんの声だった。思えば、今朝通信を切ってほしいと言い出してきたときから、ずっと何かが変だった。

《世の中にはもっと大変な仕事をしてる人だってたくさんいるんだ。皆と仲良く一緒にできるような仕事が、どれだけ恵まれているかわかっているのか》

「へっ？」

紅葉さんの発言の意図がわからなかった。私、説教されてる？　だけど、どうして。

私より大変な思いをして働いている人が大勢いるのは百も承知だ。だけど正直、一日の業務を終えて疲れているときに、それを言われるのはかなりこたえた。

「何よそれ、酷《ひど》い！」

本日二度目、紅葉さんへの言葉を声に出してしまった。

乗客達の冷ややかな視線が集まってくる。前の席に座っていた子どもは、食い入るように見つめていた星座早見盤から顔を上げ、怯《おび》えるような目で私を見た。隣にいる母親らしき女性が「見ちゃ駄目よ」と言い、子どもを連れて車両を移動していった。

（紅葉さん、どうしたの？）

周りからの視線が少し落ち着いたところで、思い切って聞いてみる。すると、予想もしない言葉が返ってきた。

《最近、生前の記憶がうっすらと戻ってきている気がするんだ》

具体的に自分が誰なのかという記憶は一切戻っていないと、紅葉さんは言った。ただ、最近になってチームの皆と協力しながら働いている私の姿を見ると、どうしようもない違和感を覚えるのだそうだ。

そして、それは彼が生前、私とは全く別の働き方をしていたからだろうと言う。

《俺にとっては、他人と仲良く協力して仕事をするということが、どうしても腑《ふ》に落ちないんだ。他人は評価を奪い合う競争相手で、蹴《け》落とすか、さもなくば上手く利用するかのどちらかだとしか思えない。生前の俺はきっとそういう職場で、そうやって働いていたんだろう》

私は何も言えなかった。確かに大学の事務員には、数字を出すような成果が求められる場面も、他人と競い合うような場面もほとんどない。私からすれば、紅葉さんの言っていること――他人は競争相手でしかないということの方が、想像もつかない。

（紅葉さん）

《資料のレイアウトを考えたのが牛尾さんだってこと、灯子は「事実だから言うのが当たり前」だと言ったよな。だけど俺は、言わない方が当たり前だと思ってしまったんだ。黙っていれば事実はバレないし、それで灯子の評価が上がるならば……と。生きていたとき

にそんな風にして働いていたから、俺にはもう、そういう考え方しかできないんだ》

私は返す言葉を失った。紅葉さんは自分が「どこで何をして働いていたか」を思い出したわけじゃない。けれど、記憶を失くしていても「どういう風に働いていたか」は彼の価値観や考え方に染みついて離れないのだ。

《俺も灯子みたいに人と関わることができていたら、どんなに良かったか》

何も言えないまま時間が流れ、急に窓の外がぱっと明るくなった。電車が地下道を抜け、天満橋《てんまばし》の駅のホームに到着したのだ。

ホームから地上へと続く階段をよろめきながら上り、改札機に定期券を通そうとしたところで紅葉さんが言った。

《生き返りたい》

思わず足を止めてしまう。

《灯子を見ていると、俺は生き返りたくてたまらなくなる……》

後ろから歩いてきた人が私の背中にぶつかって「わっ」と声を出す。不機嫌そうにこちらを睨《にら》みながら、一つ隣の改札を通って出ていった。駅から自宅までの道を歩く間、紅葉さんはずっと黙っていた。

今まで紅葉さんに助けてもらったことを、一つ一つ思い出した。電話対応や交渉、速く正確な書類作成——それらの技術は全て、彼が厳しい競争の中で培《つちか》ってきたものなのだろうか。

まともに話せないまま自宅のマンションに着いてしまい、エレベーターに乗り込んだ。奥の鏡に映る私は、今にも泣き出しそうな顔になっている。

《ごめんな》

紅葉さんの声が優しいから、余計に辛《つら》くなった。

《俺は灯子に嫉妬《しっと》しているようだ。しばらく……そうだな、実習説明会が終わるくらいまでは、通信を切っていてくれないか》

(——わかった)

通信を切り、部屋に入った後もスマホを手放さず、鳥居の絵が描かれた神社アプリのアイコンを見つめ続けた。

紅葉さんと繫《つな》がって以来、アイコン長押しで通信を操作できるようになった。けれど、長押しでなく普通に触れればアプリは通常起動し、また絵馬の画面が出てくるのではないか。そう思って試してみたが、アプリは全く反応しなかった。

「お願い、最初のときみたいに起動して。一度だけでいいから、絵馬の願いを書き換えさせてほしいの」

アプリなんだから、課金すれば追加で願い事を書ける機能くらいあったっていいじゃないか。もしそれが可能なら、いくらでも払う。四月から今まで稼いで貯めたお金を全部。

震える指先で何度もアイコンに触れながら、私は決して叶うはずのない願いを口にした。

「私の代わりに働かなくていいから、紅葉さんを生き返らせてあげて……」

アプリは起動しない。

今まで何度も助けてもらって、私は紅葉さんに何か恩を返したいと思っていた。それなのに、悲しませることしかできないなんて。

身をよじるようにして眠りについたその日の夜、北海道の初音紅神社《はつねこう》を訪れる夢を見た。

外から見たときは鮮やかに色づいていた参道の紅葉が、鳥居をくぐって入った瞬間に全て枯れ落ちた。困惑しながらも枯葉を踏みしめて参道を走り、拝殿の前で手を合わせたとき、聞き覚えのある声がした。

『あなたは自分のことばかり』

びくんと身を震わせ、閉じていた目を開けた。

暗闇《くらやみ》で覆われた拝殿の奥に、母の顔が浮かび上がった。鬼の形相で私を見ていた。

＊

八月は容赦《ようしゃ》なく過ぎ去った。

いつの間にか、紅葉さんと通信しなくてもそれなりに仕事をこなせるようになってきていることに気づいた。相変わらず月曜の朝は気が重くなりがちだけど、退勤後に翌日の仕事を思って憂鬱《ゆううつ》になるようなことはもうない。ときどきは外でご飯を食べたり、映画のDVDを借りて観たりと、自分の楽しみのために時間とお金を使う余裕も出てきた。

「犬牧。打ち合わせ行くぞ」

「はい、主任」

完成した二学年の実習説明会資料を持って、熊野先生との打ち合わせに向かう。

主任と二人きりになるのは、倉庫で物品の在庫確認をしたとき以来だった。

「ずっと謝りたかったことがあって」

「え？　何ですか」

先生の部屋まで歩く途中、主任からそう切り出されたものの、私には全く心当たりがなかった。

「前に、人が変わってしまったように見えるって言ったこと。あれは、やっぱり俺の勘違いだった。見違えるようにどんどん成長しているが、それでも犬牧は犬牧だ」

「……」

本来なら安堵《あんど》する場面なのだろう。紅葉さんの指示どおりに働いている私を見て、主任は人が変わったようだと心配していた。けれど今の私は、誰かの指示に頼りきるのではなく、自分で考え、判断して働いている。

「私は私ですよ。当たり前じゃないですか！」

主任に対して、相当無理をしないと明るい声で返事ができなかった。

私はいつか紅葉さんがついていなくても、やっていけるようになるのかもしれない。それは私にとって良いことのはずなのに。


九月十日。二学年の実習説明会当日は、朝からじとっとした晩夏の雨だった。

この日、二学年の授業は二限からで、説明会は空いている一限の時間を使って行うことになっていた。私達のチームは全員早出して、会場になる大講義室の準備をする。

「すみません、兎月さんまで早く来てもらっちゃって」

「大丈夫よ。うち、保育園の送りはパパ、迎えはママで分業してるから」

大講義室内にまだ学生の姿はなかった。二百人以上を収容できる大講義室は、後ろになるにつれ座席の位置が高くなる円形教室だ。部屋の前方には上下スライド式の黒板があるが、黒板横のスクリーンを下ろせばプロジェクターで資料を映すこともできる。最近は授業でも黒板ではなくスクリーンを使う先生が増えてきているらしい。

私と兎月さんでパソコンとプロジェクターの準備を行った。残りのメンバーは机の上に学生用の配付資料を並べていく。

が、ここにきて思いがけない事態が生じた。

「あれ？」

スクリーンに投影されていたパソコンの画面が急に消え、何も映らなくなってしまったのだ。

「電源が落ちたのかしら」

大講義室の天井に設置されたプロジェクターは、部屋前方の隅《すみ》にある教卓上のスイッチを押すと主電源が入るようになっている。もう一度確認したが、主電源のスイッチはちゃんと点灯している。プロジェクターに繋いだノートパソコンも問題なく動いている。

「おかしいわねぇ」

兎月さんはプロジェクターにリモコンをかざし、片っ端からボタンを押していくが、状況は変わらなかった。資料を配り終えた他のメンバーも集まってくる。

「もう時間まで二十分もないですよ。先生も学生も来ちゃいます」

「……ちょっと、皆さんどいててくださいっ」

牛尾さんが突然そう言って、スクリーンを下げるための引っかけ棒を手にした。プロジェクター本体の真下から棒でトントンと突っつくものの、反応はない。

「これは厄介《やっかい》やわ。私、大抵の機器は叩けば直せるはずなのに」

「牛尾さん、何か凄い特技持ってますね……」

呆然《ぼうぜん》とする猪谷さんには目もくれず、牛尾さんは職人のような目つきでプロジェクターを見上げている。

学生数人が大講義室に入ってきて、学生証を教室前方のカードリーダーに通した。授業の出欠は基本的にこの方法でとることになっている。説明会も授業の一部とみなされているので出席は必須なのだ。

木虎主任は学生達をちらっと見た後、チームメンバーの方に向き直って指示を出した。

「兎月さん、他の講義室の空きを確認してきてもらえますか。近くでプロジェクターを使える部屋があれば、場所を移しましょう」

「はい、わかりました」

「牛尾はいつまでも棒で突っついてないで、代用できる卓上のプロジェクターがあるか事務室で確認してきてくれ」

「は、はーいっ！」

指示を受けた二人は小走りで大講義室を出ていく。

いつものはんなり京都癒し系から一変し、チームリーダーの面持《おもも》ちになっている主任。素敵だ……と見とれたいところだけど、そんな場合じゃない。

「主任。このプロジェクターを直すのは無理なんでしょうか」

「残念だが、おそらく投影用ランプが使えない状態だ。ほら、プロジェクター本体のインジケーターを見てみろ」

主任が天井のプロジェクターを指差す。本体の端に「電源」「ランプ」「温度」と書かれてあり、それぞれの横にあるインジケーターの点灯具合によって、本体の状態がわかるようになっているとのことだ。今は「電源」のインジケーターは緑色に点灯しているが、「ランプ」のインジケーターは赤く点灯している。これは本体が不具合を起こしているのではなく、ランプのみが故障もしくは寿命切れになっているサインらしい。

「事務室に交換用のランプとかないんですかね？」

と猪谷さんが提案するが、

「あったとしても間に合わない。ランプを交換するときは電源を切ってからプロジェクター内部が冷めるまで待たないと、火傷《やけど》する危険がある」

「……うう……」

こうしている間にも、学生の人数は増えていく。牛尾さんと兎月さんはまだ戻ってこないが、もし代わりの部屋もプロジェクターもなかった場合は、資料の投影なしで進めるしかない。

「どうしよう」

頭の中が真っ白になる。せっかくここまで頑張って準備してきたのに。

すると、

「仕方ないなぁ。万が一プロジェクターが使えなかったときに備えて、一部だけでも黒板に板書しときますか」

猪谷さんはそう言うと黒板に向かって立ち、縁に置かれたチョークを手に取った。

「こう見えて私、教育学部出身なんよ。だから板書は超得意」

「教員志望だったんですか」

「そう。でも、先に卒業した先輩が激務で倒れたって聞いて、採用試験受けるのやめちゃったー」

「え？」

「元気に働いている教師もたくさんいるってことはもちろんわかってるけど……憧れの先輩がそんな風になったって知ったら、何だか気が滅入《めい》っちゃってね」

知らなかった。猪谷さんがそんな経緯で、就きたかった仕事を諦めていたなんて。それで毎日のように「仕事辞めたい」と言いつつも、彼女はいつも明るく振る舞っている。黒板に向かって一心不乱に文字を書く彼女の背中がとても大人に見えた。

猪谷さんも木虎主任も、それに牛尾さんや兎月さんも、こんな事態にもかかわらず冷静だ。たぶん今の私に足りないところ、そして社会人に必要な力って、こういうことなのだろう。予想外の事態にも慌てず対処すること。準備したとおりに物事が進まなければ、別の方法も考えてみること。

猪谷さんを手伝うため、私も黒板の方に駆け寄った。

「おぉっ。もう学生ほとんど集まってるやん」

開始五分前、オーガナイザーの熊野先生が大講義室に現れた。説明会は前半が先生からの説明、後半が事務局からの説明という二部構成になっている。

主任が先生にプロジェクターの件を説明した。

「申し訳ございません。今、代わりの部屋かプロジェクターを探しています」

「あぁー、そんなん使わんでええよ。大丈夫」

怒られるかと思いきや、全く気にする様子のない先生の反応を見て、こちらが動揺してしまう。もう時間だと思いマイクを渡そうとしたが、それも必要ないと言われてしまった。

「僕は地声がデフォルトやから」

「で、でふぉ……？」

メール以外でもカタカナ言葉使いまくりなのかな、この先生。というか、先日お渡しした資料も何も持たず手ぶらなのは何故《なぜ》……？

「大部屋で使えるプロジェクター、一台空いてました！」

「延長コードとＨＤＭＩの延長ケーブルも持ってきましたよー」

牛尾さんがプロジェクターの乗った台車をゴロゴロ運びながら、大講義室に戻ってきた。後ろにコード類を腕いっぱいに抱えた兎月さんもいる。

「ありがとうございます！」

「熊野先生が話している間にセッティングしよう」

開始時刻になった。空席はほとんどなく、学生の方も準備ができているようだった。

「それでは早期臨床体験実習の説明会を始めたいと思います。えー、皆さんにとっては初めての、学外の病院での実習になります。将来医師として働くビジョンを描くための貴重なオポチュニティとなるでしょう」

オポ……？　無知な私には言葉の意味がさっぱりだけど、学生は真剣に聞いている。マイクを通していないのに、はきはきした声は教室の後ろまでしっかり届いているようだった。

プロジェクターの方は無事に接続が完了した。今度はランプが光らないということもなく、黒板横のスクリーンにくっきりとスライド資料が投影される。私と主任は隅の教卓上でパソコンを操作した。

「犬牧。先生の話に合わせて、スライドを操作しよう」

「はいっ。……でも、あれ？」

先生の声に耳を傾けると、話が妙な方向に進んでいることに気づく。

「二学年の皆さんはまだスチューデント・ドクターの資格を持っていないため、診療に参加することはできません。しかし、ドクターや患者とは異なるパースペクティブで医療現場を見ることができるという点で、この実習には測り知れないメリットがあります。私が学生の頃、このような実習を行っている大学は稀《まれ》でした。そうそう、私の学生時代といえば……」

先日の打ち合わせで、先生からは実習の意義と心構え、実習態度に関する注意事項を説明してもらうことになっていた。

なのに、なぜか先生の学生時代の話が延々と続く。

「――で、当時の私は『レポートを代わりに書いてくれたら付き合ってあげる』と言った女子にまんまと騙《だま》されたんですよ。そうそう、レポートといえば皆さん、実習後のレポートは……」

手ぶらで颯爽《さっそう》と現れ、資料の投影は必要ないよと言ってくれた熊野先生。資料に沿って話す気なんて全くないということだったのね……！

お話は熱意かつユーモアに溢《あふ》れ、学生達もキラキラした目で聞いている。だけど先生、そろそろちょっと黙ってください。事務局からの説明の時間がなくなってしまう。

「主任。予定していた時間過ぎそうですけど、先生にお知らせした方がいいですか」

「いや。熊野先生、基本的に穏やかな人だけど、途中で話を遮《さえぎ》られると激高《げっこう》してマイクを破壊したりするっていう噂だ」

マイクは持ってないから大丈夫……という問題ではないのだろうな。

だけど、このままではいけない。説明時間が足りなくなっても、説明会終了後はすぐ授業が始まるため、延長はできないのだ。

「もはや犬牧ちゃんが予定の倍くらいの速さで喋るしかないわよ」

「ひーっ」

兎月さんは結構本気な顔で提案してきたが、それだと聞く側も話についてこれるかわからないし、何より二倍速で喋るなんて私には無理。

先生の話が本筋に戻ったとき、既《すで》に予定していた時間を十分ほど過ぎていた。

「犬牧。口頭説明が必須の部分に限定して説明してくれるか。説明を省略した部分は各自で資料を読んでおいてもらうことにしよう」

「わかりました」

木虎主任と一緒に口頭説明を省略できそうな部分を抽出《ちゆうしゆつ》し、どれくらい時間が短縮できるかを計算していった。人前で話すのが苦手な分、今日までに何度も説明の練習をしたのが功を奏した。どの部分を省略すればどのくらいの時間短縮になるか、練習を思い出せばだいたいわかる。

「主任、レポートの説明も一部省略していいですか。レポートの書き方の注意点とかは、さっき熊野先生が説明してくださったので」

実習後のレポート提出については、当初の予定では全て事務局から説明することになっていた。が、先程まで自由に話しまくっている中で、先生は事務局がするはずだった説明までもしていたのだ。結果的に、レポートを書く際のコツなどは、むしろ事務局ではなく先生がした方が学生達も真剣に聞いているように見えた。医学生の先輩でもある先生の話には説得力があるのだろう。

「そうだな。先生の説明内容をざっと振り返りながら、補足する形で話せるか」

「はい！」

牛尾さんが驚いたように目をぱちぱちさせて私を見ていた。

「犬牧さん、このバタバタした状況でよくまともに先生の話聞いてたよね」

「えへへ」

いつだったか、灯子は人のことをよく見ていると言ってくれた紅葉さんの言葉を思い出して、嬉しくなる。

話し終えた先生は教壇から降り、満足げな足取りでこちらに歩いてきた。

「いやぁー、ちょっとヒートアップしすぎたわ。もうちょいハリーアップした方がよかったかなぁ」

ちなみに今のは「アップ」で韻《いん》を踏んでて～と熱弁し続ける先生に対し、木虎主任は「ふふ」と菩薩《ぼさつ》のような笑顔を向けている。大人だ……。

ゆっくりしている時間はない。事務説明を始めなければ。私はマイクと、スライド資料を動かすためのリモコンを持って教壇に上がった。話が一段落して、学生達は少しざわついているようだった。私が話し出してもこの様子が続いたらどうしよう。まともに説明できるだろうか。

「あの……あっ」

話そうとして声を出した瞬間、学生達が私の方に注目した。マイクを通して聞く自分の声は、びっくりするくらい震えていた。

しかも。

——犬牧さんってさ、「あの～」っていうの口癖だよね。

「私、また『あの』って……」

思わず漏れたつぶやきが拡声され、とっさにマイクを顔から離した。猿渡課長に指摘された口癖が、まだ直っていない。課長だけじゃなく皆を不快にさせていると、頭ではわかっているのに。

隅の教卓の周りで待機しているチームメンバー達の方を見る。兎月さん、牛尾さん、猪谷さんの三人は心配そうな目を私に向けていた。主任はまだ熊野先生の話に付き合っているようだったが、私にちらっと目を向けた直後、先生の方に手のひらを出してやんわりと話を止める素振りを示した。

主任は持っていた資料の印刷物に何かを書き込むと、私の方に向かって歩いてきた。

「え……？」

思わず声が漏れたが、マイクを離していたおかげで今度は拡声されずに済んだ。主任は教壇のすぐ近くまで来て立ち止まる。そしてテレビ番組のＡＤのように、資料に書き込んだ文字を私に向けて見せてきた。

【「あの」って言ってもいい！】

思わず主任の顔を見ると、目を合わせて無言でうなずいてきた。それだけで彼の言いたいことが伝わった気がして、私もうなずき返す。

主任はすぐに教卓の方へ戻ってゆく。私は再び学生達の方を見た。少しくらい「あの」って言ったって構わない。大事なのは私が上手に話せるかどうかじゃない。そんなことを気にするよりも、彼らにしっかり伝えるということを意識しよう。

「皆さんの実習がより良いものになるように、事務局もサポートしていきます。今日はあと少し説明が続きますが、よろしくお願いします」

事務は成果の見えにくい仕事だと言われることが多い。事務室の中で毎日慌ただしく過ごしていると、何のために働いているかなんて考える暇もない。だけど今、こうして学生に向かって話していると、自分の仕事と社会との接点がほんの少しだけ見えてくるように思えた。

私の話を聞いている学生達は、医師になるために今ここにいる。入学する前から全員目指す職業が決まっているというのは、他学部の学生達との大きな違いだ。けれど医師にも色々な働き方があって、どんな医師になりたいのかが明確に決まっている学生もいれば、将来像がまだ漠然としている学生もいると思う。前に主任から聞いた話のように、自《みず》ら医師を志したわけではない人もいるかもしれない。

だから将来への向き合い方も、歩み方も、一人一人違ってくる。この実習で、彼らが何か自分にとって糧《かて》になるものをつかんでくれたらいいなと思った。

チームの皆の助けもあって、説明は何とか時間内に終われそうだった。

「実習先の決定についてですが、第一希望から第五希望まで必ず書いて、学務課のメールアドレス宛に送ってください。締め切りを過ぎた場合は……」

いつの間にか声の震えは収まっていた。

入職から六ヶ月目。この仕事に就けてよかったと、初めて本気で思えた。

説明会後、プロジェクターにパソコン、資料の残部、その他諸々《もろもろ》の片づけを終えて自席に戻ると、デスクの上に個包装のお菓子が一つ置かれていた。見たことのない深い緑色をしたラングドシャだった。

誰かからの差し入れだろうか。この緑色はどう見ても抹茶味《まっちゃ》。抹茶といえば京都。そう、京都。京都といえば……！

カルタ取り並みの速さで袋を手に取り、しげしげと眺めた。すると、袋の裏に「お疲れ様」とメッセージの書かれたマスキングテープが貼ってあることに気づく。やや右上がりの丁寧な字体に見覚えがあった。

間違いなく木虎主任の文字だ。ついさっき、緊張して話せないでいる私に見せてきた『あの』って言ってもいい！」の文字と同じ字体。つまりこれは主任が私のために――

「キャーっ、これ京都限定の抹茶ラングドシャやん」

え？

「しかも夏季限定のやつとちゃう？」

「へー、牛尾ちゃん詳しいのね」

「うちの旦那《だんな》も京都出身なんですよー」

チームメンバー達は全員、同じラングドシャの個包装を手に持って会話を弾ませている。

私だけじゃなかったのね……と自意識過剰を恥ずかしく思っていると、兎月さんが皆の輪から抜け出して近づいてきた。気のせいか、少し顔がにやにやしているように見える。

「メッセージ入りは犬牧ちゃんだけみたいよ」

「え？」

「そうそう。いつだったか主任が言ってたの。犬牧がマスキングテープ使ってるのを見てたら、自分も買いたくなってきたって」

「えええ？」

これは喜んでいいんだろうか。私、文房具メーカーの回し者みたいになっていない？ けれど、続く兎月さんの言葉はとても嬉しいものだった。

「実は私達、あなたが配属されたときから裏で『マステ使いの犬牧』って呼んでたのよ。マステ貸してって言ってみようかな、怖がられるかな……なんて、打ち解けるきっかけを探りながらね」

学務課に配属された当初、私は自分だけが孤独を感じていると思い込んでいた。けれど兎月さん達の方も、私にもっと声をかけるべきではないかと悩んでいたらしい。

「犬牧ちゃん凄く繊細そうだから、下手に声をかけて大変なことになったら……って思っちゃってたのよ。今では結構たくましい子だってわかったけど」

牛尾さんと猪谷さんも近寄ってくる。

「猪谷は毎日、ひそかに『あの～』って言う回数数えて遊んでたよね」

「ちょっと、牛尾さん！　それは言っちゃダメなやつですよー」

「そ、そうだったんですか……？」

きっと皆を不快にさせているはずだと思っていた口癖も、どちらかというと面白がられていたようだ。一番気にしていたのは他でもない私自身だった。

牛尾さんと猪谷さんいわく、配属当初の私は緊張しまくっていて、ランチに誘うために声をかけるのもかなり勇気が要《い》ったらしい。気にかけてくれていたのは主任だけじゃなかった。配属から半年近くも経《た》って、私はようやくそのことに気づいたのだった。

「よかった……。私、皆さんから嫌われてるとばかり思っていました。毎日迷惑ばかりかけているから」

「えぇーっ！」「どうやったらそんな思考になるの？」「やっぱ最近の若者は繊細だわ」と皆口々に言って、大いに笑った。

ようやくチームの一員になれたと思ったのに、胸の奥がちくりと痛むのを感じた。紅葉さんとの最後の通信が忘れられない。紅葉さんは、こういう風に人と協力して仕事をするということが、どうしても腑に落ちないのだと言っていた。とても寂しそうな声だった。

帰ったら一ヶ月ぶりに紅葉さんと話そう。話したいことがたくさんある。

天満橋で一人暮らしを始めた頃の私は、自立した大人の女になるんだと意気込んでいた。都会なだけあってマンションの家賃はかなり高い。日当たりやら部屋の広さやらを妥協しまくって、何とか初任給でも住めそうな場所を見つけたものだった。帰りも雨が降り続いたため、帰宅してすぐ傘を乾かそうとした。狭い玄関は、傘を開いて置いただけで足の踏み場もなくなる。リビングに続く狭い通路の片側にキッチンがある。一口しかないガスコンロと洗い場で空間はほとんど埋まり、調理スペースはごくわずかだ。凝《こ》った料理を作らないから、特に困ったこともないけど。

リビングの洋室は六畳しかないが、置いてある物が少ないからそれほど狭く感じない。職場のデスクと同じで簡素というか、殺風景というか。

そんな中だから、帰ってリビングの電気をつけると、床に脱ぎ捨てたパジャマがやたらと目につくのだ。その度に、いつまでも大人になれない自分を情けなく思った。けれど、もう自分を悲観するのはやめよう。今は周りに助けられてばかりだけど、私はここから少しずつ前に進むのだ。いつかは私らしいデスクや部屋を作れるようになる。職場の皆に恩返しできるようにもなるし、大切な人達を部屋に招待できる日がきっと訪れる。

自宅で紅葉さんと通信するのは二回目だ。前回は、職場でスマホの充電が切れたあの日。自分のことしか考えられないと落ち込む私を紅葉さんは励まし、ケーキ屋に連れ出してくれた。

　あの日と同じように、閉じたカーテンの方を向いて床の上に座り、神社アプリのアイコンを長押しした。

　しかし、

「あれ？」

　アイコンは鳥居の絵のまま変化しない。長押しできていなかったのかと思ってもう一度試すも、結果は同じだった。

「嘘《うそ》でしょ……あっ」

　全身から血の気が引くかと思ったが、三度目の長押しでモミジの葉が描かれたアイコンに切り替わった。一ヶ月ぶりの紅葉さんの声が、スマホから聞こえてきた。

《説明会は無事に終わったのか？》

「うん。アクシデントもたくさんあったけど」

　通信を切っていた一ヶ月の間にあったことを話した。それが終わるとしばらく沈黙が続き、本題を言わなければと思っていると紅葉さんの方から話を切り出してくれた。

《この間は感情的になって悪かったな》

「全然」

紅葉さんの声は、最後に通信したときよりはいくらか元気になっていた。いや、私に気を遣って元気なふりをしてくれているだけだろうか。

私は紅葉さんと同じ気持ちになることはできない。子どもの頃から人と比べられたり、競い合ったりという経験は少なかったように思う。ただ単に、私が他の人にとって競争する気にもならないくらい、小さな存在だからなのかもしれないけれど。

そんな私だけど、今、紅葉さんにどうしても伝えたいことがある。

「紅葉さん、前に言ってたよね。私みたいに人と関わることができていたら、どんなに良かったか……って。だけど私がチームの皆と協力できるようになったのは、紅葉さんと出会えたから。あなたが私の気持ちを前向きにしてくれたから」

床に置いたスマホの画面に手を重ねながら、「改めて、ありがとう」と言った。少し間があいた後、紅葉さんが返事をする。

《こちらこそ》

「ん？」

何だかずっと前にも、こういうやりとりがあった気がする。だけど今日は本当に、紅葉さんから感謝を返される心当たりが全くない。

「私、何も感謝されるようなことしてないよ」

苦笑しながら言うと、紅葉さんは久しぶりに「ははっ」と快活な笑い声を出した。

《俺はどうしても人のことを競争相手として見てしまう――でも俺の本心は、人に勝つことよりも『ありがとう』と言われることの方に深い幸福を感じるんだ》

「……だから『こちらこそ』なの？」

《そうだ。灯子はこれまで何度俺に『ありがとう』と言ってくれた？　俺は幸せなんだ。死んでから自分にこんなに幸せが訪れるなんて、思っていなかった。――だから、こちらこそありがとう》

もしかすると、私は自分でも気づかないうちに、紅葉さんに恩を返せていたのだろうか。少し気恥ずかしくなって、額《ひたい》や頬が汗ばむ。いつもはエアコンだけど、今は風に当たりたい気分だった。カーテンをめくり、窓を開ける。

九月上旬の午後七時半。外は既に暗かった。部屋は十階だけど、夜景と呼べるような見晴らしはない。狭い路地を挟んですぐ向かいに別の建物があり、景色を遮っているからだ。建物の隙間《すきま》を縫《ぬ》いながら吹き込んでくる風は、ほどよく冷たくて心地いい。夏が終わろうとしている。

《そういえば、灯子。主任とはあれから何か――》

「え、何。紅葉さん？」

突然紅葉さんの声が途切れてしまった。また電池切れかと思ったが、スマホは起動したままだ。ただ、神社アプリのアイコンは鳥居の絵に戻っていた。

慌ててアイコンを長押しすると、何事もなかったかのように通信が再開される。

《今、どうして通信が切れた？》

「わからない」

そういえば帰ってきて最初に通信を入れようとしたときも、なかなかアイコンが切り替わらなかった。特にスマホ本体の調子が悪いわけではない。本体とは別に、神社アプリが何か不具合を起こしている？

《久しぶりすぎて、アプリが起動しにくくなっているのかもしれないな》

「……そうかもね」

そう思いたい。

短い別れの言葉を交わして、できる限り平静を保ちながら、通信を切った。

疲れてすぐ眠りに落ちるかと思っていたのに、この日の夜はなかなか寝付けなかった。神社アプリに関する悪い考えが、どうしても頭から離れないせいだ。

「このアプリ、いずれ使えなくなってしまうんじゃ……?」

それは紅葉さんとの別れを意味していた。

眠れないまま、枕元に置いたスマホで時間を確認する。午前一時。

アプリ一覧の画面に移ると鳥居の絵のアイコンがいつもどおり表示されている。初めてアプリを起動したとき、私は「代わりに働いてくれる人が現れますように」と願ったけれど、今はその思いが薄れてきている。仕事が少しずつ楽しくなってきている。通信が途切れがちなのはそのせいだろうか。いつか私の願いが完全に消え去ったとき、紅葉さんは——

私はスマホを手放し、真っ暗な部屋の中で枕に顔をうずめた。

第四章　#新卒半年目

……上司と部下はすれ違うもの

「灯子《ともこ》ちゃん、無事？」

更衣室で制服に着替えている私に、偶然居合わせた同期はそう尋《たず》ねてきた。

彼女と挨拶《あいさつ》以上の会話をするのは、四月の新人研修以来だ。配属先の国際交流センターは私のいる事務室とフロアが違い、業務で顔を合わせることもほぼない。

二学年の実習説明会から数日後。この日は余った夏季休暇を使って午前中をのんびり過ごし、午後からの出勤だった。同期の方は着ていた制服を脱ぎ始めたので、私とは逆に午後から休暇をとっているのだろう。

それはともかく、久々に会って開口一番「無事？」とはどういうことか。

「何か、噂《うわさ》になってるらしいで」

周りに人もいないのに、なぜか囁《ささや》くような小声で話される。

「ちょちょちょ、噂って何！」

「怪しいセミナーにハマってるとか、宗教に目覚めたとか」

「――はい？」

聞けば、入職直後に比べ最近の私が生き生きとした仕事ぶりを見せているということで、何かあるに違いないと事務室の人達が話していたらしい。

「ねぇ灯子ちゃん、『世界は光と闇《やみ》の波動によって動かされている』って言ってたみたいやけど、それどういうこと？」

　私が聞きたいわ。

　噂、怖い。今まで噂の的になったことなんてないから、立ち回り方もわからない。事実無根だし、気にせず粛々《しゅくしゅく》と仕事していればいいのだろうか。いや、気にしないなんてできない。

　とりあえず、制服に着替えたら紅葉《くれは》さんに相談しよう。

　話を聞くやいなや、私の憂鬱《ゆううつ》を吹き飛ばすがごとく紅葉さんは「ははっ」と笑った。彼によると、悪い噂を流されるのは周囲にとって気になる存在である証拠。だからむしろ、喜んでもいいくらいだと言うのだ。
《誰だって、気にも留めていない人物の噂なんて流さないだろう。灯子が周りから注目されている証拠だ》
　紅葉さんは常に人と比べられ、競争の中を生き抜いてきた人間だと言っていたが、そのためかやはり考え方がたくましい。注目されるなんて、私にとっては喜ばしいことでも何でもない。私は慎ましく平穏に生きていたいタイプの人間だ。

《くれぐれも熱くならないようにな。噂でも何でも、本人が焦れば焦るほど事態は悪化するものだから。もし酷《ひど》くなるようなら上司に相談してみればいい。これを機に主任と急接近を狙《ねら》ってみるとか》

（……それはアリかもしれない）

パソコンのメールソフトを立ち上げると、主任じゃない方の上司からメールが届いていた。猿渡《さるわたり》課長が週に一回、課内全員に一斉送信している「学務課つーしん」である。

★☆★ 学務課つーしん ☆★☆

九月も中旬に差しかかっていますが、夏季休はちゃんと消化できていますか？

今日紹介するキーワードは……【 アクティブ・ラーニング 】

プレゼンテーションやグループワークなどのアクティビティを通して学生が能動的に学修できる学習方法のことをいいます。

これは二十世紀前半のアメリカでプラグマティストのジェームズが提唱した問題解決学習にも通じるものであり……

《前から思っていたが、課長さんメールと実物でキャラが違うよな》

（紅葉さん、それは皆思ってるけど言えないのよ……！）

課長は毎週こんな感じで医学教育に関するニュース及び豆知識を送ってくる。仕事が嫌でたまらなかった頃は、このキラキラ文面を見る度に「帰りたい……」と思っていたのだが、今は結構楽しく読めている。

「犬牧《いぬまき》さん」

「は、はいっ！」

私は首がもげそうな勢いで振り向いた。キラキラ文面の雰囲気からかけ離れた重厚な課長の声が、背後から私を呼んだのだ。

「ちょっと今、時間あるかしら」

課長は口角をきゅっと上げて笑っている。私に何か注意するときの表情だ。短く切りそろえられた前髪が、今にも逆立ちそうに見える。本人が『アメリ』のヒロイン似だと繰り返し主張している前髪。観たことないけれど、こんなに怖いヒロインなのだろうか。

「はい。大丈夫です」

何とか声を震えさせることなく返事をし、私は腹をくくって立ち上がった。

連れていかれた先は空いている会議室だった。三人掛けの長机が十台、口の字型に並んでいる。課長と私は口の字の角を挟む形で座った。

「二学年の早期臨床体験実習の説明会、お疲れ様」

「え、あ、ありがとうございます」

最初に言われたのがそれだったので、かなり拍子抜けしてしまう。けれど続く課長の言葉を聞いて、「お疲れ様」は叱責《しっせき》の前置きに過ぎなかったのだと察した。

「私は残念だったわ」

「……え？」

「学生のアルバイトでもできそうな簡単な業務なのに、ずいぶん苦戦してたみたいだから」

はぁー、と長いため息を一つ。胸の奥で心臓が跳ね上がった。

苦戦したことは否定できない。チームメンバーにたくさん助けてもらったことも。

「あの、チームの先輩方には本当に助けていただいて」

いけない。よりによって課長の前で「あの」が出てしまった。

「で、具体的に反省すべき点は何だと思っているの？」

「はい。備え付けのプロジェクターが動かない場合のことを考えていませんでした。それと担当の先生には、事前に時間配分のことをもう少し強調してお伝えしておくべきだったかと」

「…………はぁ、たったそれだけ？」

課長が眉間《みけん》に思いきり皺《しわ》を寄せる。どうやら私の回答は課長の求めるものと違っていたらしい。

「あなた今月、朝の講義室点検の当番だったわよね」

「は、はい」

学務課では毎日、授業が始まる前に当番の者が講義室の点検を行っている。落とし物や忘れ物はないか。黒板のチョークは足りているか。

そしてマイクやプロジェクターが正常に作動するか。

「あのプロジェクターはね、投影用ランプの交換時期が来たらインジケーターが点滅するようになっているのよ。どうして見落としたの？」

「えっ！」

交換時期が来たら点滅するなんてこと、知らなかった。

説明会当日まで毎日欠かさず点検していたが、プロジェクターは問題なく動いているようだった。けれど私が気に留めなかっただけで、ランプの交換を促《うなが》すインジケーターは点滅していたのだろう。

「それは……知りませんでした。申し訳ございません」

反省して謝るしかない。けれど謝っただけでは課長の気は済まないようだった。

「知らなかったなんて言い訳にならないわ。どうせ、教えてくれなかった先輩達が悪いって思っているんでしょう?」

「いえ、そんな」

「顔にそう書いてあるのよ！　さんざん周りに迷惑をかけておきながら、よくも……」

先輩達を責めるつもりなんて全くないけれど、課長の言葉は正論ばかりで、ぐうの音も出ない。

けれど何かおかしい。いつもなら、こんな場面では必ず紅葉さんが何らか声をかけてくるはずなのに。ひょっとして、また通信が切れてしまったのだろうか。

「なぁんか浮いてるのよね、あなた」

課長は私からすうっと目を逸《そ》らし、すぐ傍《そば》に置いてある移動式のホワイトボードの方を向いた。

ボードの隅《すみ》に六つ、丸いプラスチック製のマグネットボタンが貼り付けてある。五つは綺麗《きれい》だが、一つだけかなり目立つひびの入っているものがあった。課長の視線はそのひびを捉《とら》えているように見えた。

「ときどきね、『忙しくなさそうだから』とか、『人とコミュニケーションをとるのが苦手だから』事務員になったなんて言う人がいるのよ。事務は一人でのんびりできる仕事だって勘違いしてね。実際は多くの人と協力して業務を回さなければならないのに。周りとコミュニケーションをとれない人間は、事務には向いていないのよ、絶対」

課長は再び私の方を向いた。ひびの入ったマグネットを見ていたときと、全く同じ顔をして。

「いつも自分だけが苦しいって顔してるのよね、あなた。自分さえよければいいのよね。そんな人は、どの職場に行ったって浮いたままよ」

「自分さえよければいい……」

目の前にいる課長は、実家の母と全く同じ顔をしていた。小学校六年生のあの日、私に向かって「自分さえよければいいのよね、あなたは！」と怒鳴り、手を上げた母の顔。

突然、私の中で何かが切れた。

課長の言うことは正しい。それなのに、どうしてこんなに腹が立つのだろう。

どうして「自分さえよければいいと思ってる」なんて私のことを決めつけるのだろう。

課長も、それに母も。

私は自分の仕事にいっぱいいっぱいで、周りを十分に見れていなかったと思う。チームの先輩達の優しさに気づいたのも、つい最近だ。家にいた頃も、苦しんでいる母を助けることはできなかった。私は何の役にも立たなかった。

だけど、どうしてここまで言われなければならないのだろう。

どうして彼女達は、未熟さにかこつけて、私という人間を、私の心を決めつけてくるのだろう。

自分さえよければいいと思っている人なんて、本当は一人もいないはずだ。皆、誰かの役に立ちたい、役に立てるようになりたいと願っている。それなのに自分のことしか考えていないように見えるのは、きっと不足のせいなのだろう。知識も経験も浅く、それらを補えるような発想力も思慮もない。だから気持ちの余裕もなくなって、ちぐはぐな言動をとってしまう。だけど自分さえよければいいなんて決して思っていない。むしろ、今のままじゃいけないと痛いほどわかっている。

「黙ってないで何か言ったら？」

熱くなっちゃ駄目。

噂されていることを話したときに、紅葉さんはそう教えてくれた。今は声が聞こえないけれど、彼ならきっと冷静になれとアドバイスしてくるはずだ。

課長に気づかれないよう、深く息を吸いこんだ後、言った。

「精進します」

課長は何も言わず、さっきより少し短めにため息をついて部屋を出ていった。

不思議だった。以前は、こんなことがあった後は何の業務も手につかなかった。家に帰ってからも、晩ご飯の味も感じられなかった。それなのに、今はすぐに立ち上がることができる。嫌な気持ちがないわけじゃない。胸の奥に小さな棘《とげ》を感じるけれど——行こう。やらなきゃいけないことが、たくさんある。

ひびの入ったマグネットボタンに少しだけ目をやった後、私も部屋を後にした。

通信はやはり勝手に切れてしまっていたが、事務室に戻る前に神社アプリのアイコンを長押しするとすぐ紅葉さんと繋《つな》がった。

(通信いつ切れたの？　全然気づかなかった)

《課長に呼び出されて、移動してる途中だ。……大丈夫だったか？》

(うん、平気。ありがとう)

色々報告したい気持ちもあるけど、ゆっくりしていられない。二学期が始まってから業務量も増え出し、任される仕事も多くなってきた。

だけど、

（これはもう必要ないかも）

自席に戻り、パソコンのモニターの枠に貼ってあったマスキングテープを一枚はがした。四月の配属直後に貼った、「冊子印刷は《A3→製本→中綴《と》じホチキス》を選択！」というメモだ。もう見なくても完全に覚えている。

（この頃は、何をするにも一つ一つ確認しながらじゃないと進められなかったんだよね）

やる気に満ちた当時の自分の文字を見ていると、捨てるに捨てられなくなり、結局手帳の四月のページに貼って残しておくことにした。

「あの、犬牧さん」

ためらうような声に呼びかけられ、振り向くと資料の束を抱えた牛尾《うしお》さんが立っていた。どうしたのだろう、少し元気がない。

「これ、一学期分の授業アンケートの集計なんだけど、さっき猿渡課長が『チェックは犬牧さんに任せて』って……お願いしていいかな」

学生による授業評価は多くの大学で行われていて、うちの大学も全ての授業で実施している。学生はウェブ上のアンケートに答える形で授業を評価し、それを学務課で集計して先生にフィードバックする。

アンケートの項目は「授業を受けて知識が身についたか」などについて五段階で選択するものと、授業について自由に意見や感想を書くものがある。選択肢《し》の集計は表計算ソフトで簡単にできるが、自由記述は内容を一つ一つチェックしなければならない。ごく稀《まれ》に授業と直接関係のない記述もあるし、万が一先生を傷つけるような表現があった場合には対応を検討する必要がある。

「わかりました」

「大変だったら言ってね、手伝うから」

牛尾さんは資料を私のデスクに置きながらそう耳打ちした。そして不満そうな視線をちらっと課長席の方に向けた後、自分のデスクの方に歩いていった。思うところはあるが、逆らえない。そんな雰囲気が漂っている。

《課長のやつ、牛尾さんを通して大量の仕事押し付けてきたな。大丈夫か、灯子》

心配する紅葉さんに向かって、私は心の中で鼻息荒く返事した。

(フン！　負けてたまるか)

《――ははっ。灯子も言うようになってきたな》

よし、気持ちを切り替えよう。

そう思ったのも束の間、今度はカウンター窓口の方から「すみません」と声がした。学生が来ているようだった。

「あ、説明会のときのお姉さん」

私が窓口に立つと、学生は開口一番そう言った。彼女は二学年で、早期臨床体験実習について聞きたいことがあり学務課を訪れたようだ。顔を覚えてくれていることに少し驚きつつ、嬉《うれ》しくもなる。質問に答えると、学生はにこっと笑って言った。

「ありがとうございます！」

軽やかな足取りで事務室を出ていく後ろ姿を見送りながら、こちらこそ、と心の中で返事した。胸の奥に刺さっていた棘が、するりと抜ける心地がした。

＊

九月も終わりに差し掛かった週末、夏の間衣類ケースに仕舞ってあった長袖《そで》の制服を取り出した。

「これは公害レベルの臭《くさ》さだわ……！」

シャツには防虫剤のフローラルな臭《にお》いが染みつきまくっていた。絶対虫に喰《く》われたくないからといって、二個も置いたのがいけなかったのだろうか。こんなのを着ていたら、自分はもちろん近くの席の人達も臭いが気になって仕事にならない。そして猿渡課長が「犬牧さん、スメルハラスメントという言葉を知っているの？」とぎらついた目で迫ってくるに違いない。スマホを手に取り、大至急、臭いの消し方を検索した。

一人暮らしをするようになった私は、家にいながら落ち着けることの喜びを知った。実家で暮らしていたときは、いつ母の罵声《ばせい》が飛んでくるかわからず怯《おび》えていた。私や母を存在しないもののように扱う父も、本当に怖かった。

今はこのうえなく平和だ。だけど、

「家事って大変だなぁ」

一人分の衣類の管理でさえ、ままならない。家庭を持てばこの負担が家族の人数分に増えるのだ。牛尾さんや兎月《うつき》さんみたいにパートナーが家事育児を分担してくれれば理想的なのだろうけど……。

「私の家はそれどころじゃなかったな」

父が家事をしているところを見た記憶が全くない。けれど、母の家事はいつも完璧だった。毎日の朝食だって、今の私みたいに豆乳と魚肉ソーセージだけなんてあり得なかった。

「凄《すご》いなぁ、お母さん。だけどストレス溜まってたんだろうな」

今思うと、私が母の役に立ちたかったのと同じように、母も家族の役に立ちたいという気持ちが強かったのだろう。だから家事をいつも頑張っていた。私に勉強を教え、大学でちゃんと成績がとれているかまで気にかけた。それに、どんなに無視されても父に笑顔で挨拶を欠かさなかった。

だけど、それで溜まったストレスを愚痴《ぐち》という形で私にぶつけていた。

誕生日ケーキの一件があった後、幼い私は、自分にできることは母の話を聞くことしかないと思った。毎日、何時間でも話を聞いた。けれど次第に、母は父だけでなく私のことも酷いやつだと言うようになった。私が家族のことを同級生に話したせいで、母がどれだけ傷ついたか。私がどれだけ自分勝手な人間か。母は何度もそういうことを私に言い聞かせた。私はごめんなさい、ごめんなさいと泣いて謝った。父は家の中にいても、絶対に自分の部屋から出てこなかった――

「お母さん、苦しかったんだよね……けど、私も限界なの」

大阪で就職することを告げたときの、涙交じりの母の言葉が忘れられない。

『私を置いてこの家を出ていくのか』

八月には「お盆くらいは帰ってきなさい」とLINEでメッセージが届き、「ごめん、忙しくて」と返して、それきり連絡は途絶えている。

私が母の愚痴をいくら聞いても、彼女の苦しみは決して消えなかった。それどころか、聞けば聞くほど、憎しみは膨れ上がっていくような気がした。

お母さん。私達、少し距離を置いた方がいいと思う。

翌日、制服についた防虫剤の臭いはどうにかマシになった。そしてこの日、学務課では午後に一つ大事なミーティングが予定されていた。

普段より少し早めの十一時に午前の業務を切り上げ、昼休憩に入る。

《いつもの二人と一緒じゃないんだな。喧嘩《けんか》でもしたのか？》

一人でお弁当入りのトートバッグを持って学舎から出ると、紅葉さんが少し面白がるように言った。

（違うよ。私、会議室のセッティング担当だから、早めに休憩入らせてもらってるだけ）

食堂で食べてもよかったが、いい天気だし、たまには気分を変えて外に行ってみようと思ったのだ。近所の公園まで歩き、藤棚の下のベンチに腰を下ろした。

公園を囲うように生えている木々の葉は、夏を過ぎて色が変わり始めている。その向こうには、青い空を背景に高層ビルの群れがそびえる。

（都会の中にある公園の雰囲気、好きなんだ）

《灯子が住んでる天満橋《てんまばし》にも結構あるのか？》

（ええ）

週末に散歩をしていると、天満橋を流れる大川《おおかわ》周辺の公園には子どもがたくさんいて賑わっている。まだ子どもだけで遊べる年齢ではなく、親も一緒に来ている子が多いようだ。

仲の良さそうな両親を見かけると、子どもに対して少し嫉妬《しっと》してしまうが、同時に「いいなぁ」と微笑《ほほえ》ましくもなる。

今いる中之島《なかのしま》の公園は閑散《かんさん》としていて、誰にも使われていない色とりどりの遊具が寂しそうだ。平日の昼間だからだろうか。

《というか、灯子が弁当作ってくるの、珍しいな》

（そうよ。珍しく頑張ったの）

膝《ひざ》の上でランチョンマットを広げ、箱を開ける。中身は厚焼き玉子のサンドイッチだ。

（この厚焼き玉子、電子レンジで簡単にできるのよ。兎月さんに教えてもらったの）

《おぉっ、関西っぽい》

《前に息子さんが爆発させたって言ってたやつだな》

厚焼き玉子は関西らしい和風だしの味だ。玉子を挟むパンに兎月さんはからしマヨネーズを塗るそうだが、辛いのが苦手な私はからし抜きにしてある。

紅葉さんがケーキ屋に行ったときと全く同じように食レポを促してきた。

（うーん、幸せの味って感じ）

《何だそりゃ》

紅葉さんには笑われてしまったが、それが率直な感想だった。早起きして、働いて、公園で自作のお弁当を食べる。とても幸せなことだ。

サンドイッチを食べ終えたが、まだ大学に戻るには少し早い時刻だった。ベンチに座ったまま、トートバッグに入れて持ってきていた本を開いた。紅葉さんが「うえぇっ！」と仰天する。

《やっぱり今日の灯子は変だ。弁当作るだけじゃなく、そんな難しそうな本まで》

本当に怪しいセミナーか宗教にハマったのではないかと疑われ、何だか過保護な兄を持った気分になってしまう。

（これ、アクティブ・ラーニングについて書かれてる本だよ。前に課長が「学務課つーしん」で紹介してたじゃない？　気になったから、大学の図書館で借りてきたの）

医科大学の図書館というと難しい医学書しか置いていないイメージがあったが、実際に行ってみると医療従事者向け以外の本も豊富だった。それに、事務員でも学生や先生と同じように貸し出してもらえた。

今読んでいる本は一週間前に借りて、毎日家で少しずつ読み、ようやく半分くらいまできたところ。視界を共有している紅葉さんと一緒に続きを読もうとしたのだが……

《灯子、いい加減にページを進めてくれないか》

（え？　私まだ見開き半分も読めてないんだけど）

《何をどうやったら、そんなにゆっくり読めるんだ？》

（そっちこそ、どうやったらそんなに速く読めるの？）

紅葉さんと喋《しゃべ》ってしまうので、一人で読んでいるとき以上に進まない。やっぱり読むのは家に帰ってからにしようと思ったとき、紅葉さんが何かに気づいた。

《今開いてるページの五行目、課長さんの「学務課つーしん」と違っていないか》

（え、どこが？）

《二十世紀のアメリカで問題解決学習を提唱した人物。「学務課つーしん」では「ジェームズ」だったが、この本では「デューイ」と書かれてる》

確認するため、スマホでメールソフトを開いた。仕事では職員専用のメールアドレスを使用しているが、スマホでも使えるように設定してある。課長からの「学務課つーしん」を読み返してみると、確かに「プラグマティストのジェームズが提唱した問題解決学習……」となっている。

《課長さん、思いっきり間違えてるな》

(思いっきりだね。課内で他に気づいた人いるのかな)

《いたとしても指摘できないだろうな。あの課長さん、部下から間違いを正されたりしたら逆恨みしそうだし》

猿渡課長の、常に何かと闘っているような緊迫した表情が頭に浮かぶ。人一倍、仕事熱心なのは間違いない。他の部署で毎週メールマガジンを配信している上司なんて聞いたことないもの。

九月も終わろうとしているのに、藤棚の木漏れ日がやけに暑い。シャツの袖をまくり、水筒に入った麦茶を飲んだ。

「隣いいですか」

「あ、はい…………えっ」

ベンチの隣に座った上品な老人に見覚えがあった。

《灯子、知り合いか？》

紅葉さんの問いに答えようとするものの、緊張しすぎて心の中でさえ声が震える。

(り、り、りじちょう～～～っ……！)

《えぇっ！　……と、灯子がいつもお世話になっております！》

本人に聞こえるはずもないのに、紅葉さんは全力の声で挨拶する。やっぱり過保護なお兄さんモードになりつつある。

理事長はコンビニの袋から海苔《のり》巻きと紙パックの牛乳を取り出し、少年みたいなキラキラした目で見つめている。好物なのかなと思いながら見ていると、急にこちらを振り向かれ、目が合ってしまった。

どうしよう。何か話しかけた方がいいのかな。

《こういうときは無難に天気の話題——》と紅葉さんが言いかけたが、その前に沈黙に耐えかねた私は口を開いた。

「あの…………す、酢飯と牛乳って合うんですか？」

理事長は何も言わず、ぱちぱちと大きく瞬《まばた》きをする。

《久々の大失言だな》

紅葉さんが容赦《ようしゃ》なく茶々を入れてくる。仕事に慣れても、この失言癖だけは一生直らないのかもしれない。

「この組み合わせ《マリアージュ》がわからないなんて、今年の新卒は……」

理事長は真っ白な眉毛をハの字にして、しょんぼりとつぶやいた。

「え、あの、あの、すみません」

ぺこぺこと頭を下げながらも、「今年の新卒」と言ったのを聞き逃さなかった。お会いしたのは就活の最終面接のとき以来なのに、私を覚えてくれている？

「最終面接のときは、ありがとうございました」

そう言ってまた頭を下げると、理事長は眉毛をハの字にしたまま目を細めて微笑んだ。

「あなたは特に印象的でした。とても緊張しているのに、最初から最後まで私の目を真っ直ぐじっと見ていたので」

「え？　そ、そうでしたか？」

緊張していたのは確かだ。けれど真っ直ぐ理事長の目を見ていたというのは、自分では全く意識していないことだった。

「仕事には慣れてきましたか？」

「はい、楽しいです」

迷いなく答えた自分に少し驚いていると、理事長は真っ白な口ひげをふわふわと浮かせて笑った。

「それは良かった。私は真っ直ぐな目をした人が好きなんですよ。そういう人は心も真っ直ぐで、純粋な人が多い」

けれど、と理事長は少し声を低くして話を続ける。

「悲しいことに、そういう人ほど仕事で苦しい思いをしがちなんですよ。純粋というのは、得てして強い思い込みにもとらわれるものです。正解が一つしかないと思い込んでしまい、善《よ》いことと悪いこと、正しいことと間違っていることを、白黒はっきりさせようとする。そして失敗したと思うことが続けば、自分はもう駄目だ、こんなはずじゃなかったと絶望して――もう何もしたくないと言い出したりする」

どきっとした。絵馬に願いを書いたときの自分の本心を言い当てられたような心地がしたからだ。

「学校のテストと違い、仕事には正解がいくつもあるのですよ。そのことを是非《ぜひ》、楽しんでください」

理事長は海苔巻きのフィルムを丁寧にはがし、紙パックの牛乳にストローを刺した。酢飯に牛乳を合わせるのだって、間違いではないと言わんばかりに。

もう少し話をしたかったが、休憩時間が終わろうとしている。

「――はい。ありがとうございます」

トートバッグを持ってベンチから立ち上がった。藤棚から出たところで一度だけ振り向くと、理事長は友達みたいに手を振ってきた。木漏れ日が頰《ほお》に当たっていた。

学務課の中には授業支援を担当するチームと、授業以外の学生生活を支援するチームがあって、今日のミーティングに参加するのは授業支援を担当しているチームのメンバーだった。開催場所は偶然にも、前に課長と面談した会議室。口の字型に並んだ長机の上座に座るのは、猿渡課長と、学内の教育カリキュラム委員会の委員長を担当している有馬《ありま》という先生だ。

「全員そろってますね？　今日のミーティングでは主に、昨年度に受けた医学教育分野別評価の結果を振り返って――」

司会を務める課長がミーティングの主旨《しゅし》を説明する。

私が入職する前の年、水都《すいと》医科大学は日本医学教育評価機構の「医学教育分野別評価」を受審した。これは、日本の各医学部・医科大学での教育が国際基準に達しているかを評価するというものだ。

受審の理由は大きく二つある。一つは、評価されることを通じて大学の現状と課題を知り、改善に取り組むことができるから。そしてもう一つは、大学が「国際基準に達している」と認定を受けることによって、卒業生の進路選択にも影響すると考えられるからだ。

日本の医学生の中には、卒業後に海外で働くことを望む者もいる。例えばアメリカで働きたい場合は、日本の大学を卒業した後、アメリカの医師国家試験を受けることが必要になる。しかし、アメリカの医師国家試験の受験資格を審査するＮＧＯ団体から通告が出されたことによって、あと数年もすれば「国際基準で認定を受けた大学を卒業しなければ、アメリカの医師国家試験の受験資格が認められない」ようになる予定らしい。

卒業生に、日本のみでなく海外での幅広い進路選択を保証するため、各大学は続々と医学教育分野別評価を受けている。水都医科大学も無事「評価基準に適合している」と認定を受けたが、いくつかの点では改善が必要であると示された。

大学の体制について事務員に決定権があることはあまりない。今回の件も、最終的に諸々《もろもろ》の改善策を決定するのは先生方で構成される委員会、そして教授会だ。事務員の仕事は決定に必要な判断材料をそろえること。今日のミーティングでは主に授業について改善すべき事項を整理し、今後の方向性について検討する。そして後日、教育カリキュラム委員会に議案を提出することになっている。

「なぁ、課長いつもより声のトーン高くない？」

課長が司会進行する中、隣から猪谷《いがや》さんが囁いてくる。私達は課長からうんと離れた下座の席だから、聞こえていないとは思うけれど。

「きっと有馬先生がいるからやで」

有馬先生はまだ四十代半ばでありながら形成外科の教授の地位についている。教育カリキュラム委員会の委員長を任されているということは、大学の運営に関しても活躍を期待されているのだろう。忙しい中、学務課のミーティングにも積極的に参加してくれる。競走馬のごときすらっと美しい外見で、女性職員からの人気も凄《すさ》まじかったりする。

「では、本学の授業の評価結果について、木虎《きとら》主任から説明をお願いします」

「はい」

主任は長机の角を挟む形で課長の隣に座っている。

「本学においては、低学年のうちから医療現場での実習を積極的に行っている点が高く評価されました。一方で、講義形式の授業に関しては、学生の評価方法について改善が必要だと指摘があります」

うちの大学で講義形式の授業の多くは、ペーパーテストとレポート課題の出来によって学生を評価するという方法をとっている。どちらも、学生にどれくらい正しい知識が身についているかを測るために行われるものだ。

しかし、評価機構が求める基準において、学生を評価する際には「知識、技能および態度を含む評価を確実に実施しなくてはならない」となっている。つまり、学生に正しい「知識」が身についたかどうかだけでなく、その知識を適切に活用できるかという「技能」

面、また医師を志《こころざ》す者として真摯《しんし》に授業での活動に取り組めているかという「態度」面も含めて評価する必要があるということだ。

主任の説明が終わり、課長の司会に戻る。

話し始める前、課長の目がきらっと光りながら私を捉えたように見えた。その理由はすぐ明らかになった。

「では、学生の評価方法について、他の医科大学の取り組みを犬牧さんから説明してもらいます」

「え？」

皆の視線が一斉に私の方を向く。

他の医科大学の取り組みって、何のこと？　私から説明するなんて、前もって一言も言われていない。

「どうしたの？　参考になりそうな他大学の取り組みについて調べておくように、以前から頼んでいたでしょう」

課長は当たり前のようにそう言うが、全く心当たりはなかった。

学務課に配属されたばかりの、自分に自信が持てなかった頃の私であれば、こう思っただろう――「課長は確かに指示したと言っている。きっと私が聞き漏らしたのだ」と。でも今は、とてもそんな風には思えなかった。絶対にそんなことは指示されていない。課長は嘘《うそ》をついている。
（紅葉さん。私、課長からそんな指示出されてないよね）
《え？　あ、ああ。俺の知る限りではな》
紅葉さんの返事はいつになくぎこちない。私が珍しく怒りを表したから、動揺しているのだろう。だけど、怒らないわけにはいかない。なぜだろう。どうしてこの人は、ここまで私のことを嫌うのだろう。
（私、そんなの聞いてませんって言っちゃ駄目かな）
《なっ……！》
紅葉さんが一瞬、絶句する。
《何言ってるんだ。この状況でそんなことを言ったら、灯子の印象が悪くなるだけだ》
（課長が私に指示した証拠なんてないじゃない）
私を見る学務課の先輩達の表情は、明らかに困惑している。やっぱり、今までにもこういうことはあったのではないだろうか。課長から目を付けられ、嫌がらせを受ける人がいたのではないだろうか……。それなら誰かが声を上げなきゃ。私達の仕事は内輪揉《も》めをすることじゃない。

紅葉さんが小さく息をついた。

《だけど、課長さんが指示しなかったという証拠もないだろう》

（そ、それはそうだけど）

なら、どうすればいいんだろう。謝るしかないのだろうか。このままだと何もしないいま時間だけが過ぎていく。私のせいで、また周りに迷惑をかけてしまうの？　どうすればいいいか、何が正しいかが全くわからない。

すると、

《灯子も怒ることがあるんだな。だが一度落ち着こう。前にも言っただろう、熱くなったら負けだ》

紅葉さんが言った。優しく諭《さと》すような声を聞いて、なぜか涙が出そうになる。

《これはいわゆる「言った・言わない」というやつで、証拠がなければいくら言い合ったところで何も解決しない》

（……そうね）

《それに、もし本当に課長さんが嘘をついて灯子を陥《おとしい》れようとしているなら、灯子から「そんなの聞いてません」って反発されることも計算に入れているんじゃないか》

紅葉さんは言った。もしここで私が声を上げても、課長は冷静に対処するだろうと。例えば「私は確かに指示したけれど、認識違いがあったのかしらね」なんて白々《しらじら》しく言った後、「犬牧さんは説明できないようですので、代わりに私が……」と前もって調べておいた情報を自《みずか》ら説明するとか。

周りに気づかれないように、ゆっくりと深呼吸した。落ち着こう。紅葉さんの言うとおり、ここで焦ったら課長の思うつぼかもしれない。

《頭は冷えたか？　じゃあ、どうすればいいか――》

そのとき。

「課長。そういうのはもう、やめていただけませんか」

誰かの声が沈黙を破った。冷たい刃《やいば》のようなその声は、誰のものなのかすぐにはわからなかった。が、着席《ぼうぜん》しているミーティング参加者達の様子を見渡すと、声の主《ぬし》は明らかになった。誰もが呆然とした表情を浮かべている中、その人物だけが課長に怒りのまなざしを向けていたからだ。

それは木虎主任だった。

《おいおい！　俺がせっかく灯子の怒りを鎮《しず》めたってのに》

（紅葉さん、人を狂犬みたいに言わないでってば……）

以前、倉庫で主任から「猿渡に気をつけろ」と言われたことがあった。だから彼が課長に対して怒っていることは知っていたけど、まさかこんな場で声を上げるなんて。

「どういうことかしら、『そういうの』って」

課長は真顔だが、今にもにやりと笑い出しそうにも見えた。隣にいる有馬先生は眉間に皺を寄せて黙っている。

「犬牧がそんな指示をされていたなんて、チームリーダーである私も全く覚えがありません。今日だけじゃない。他にも……犬牧が気づかないのをいいことに、あなたは陰湿《いんしつ》な嫌がらせを繰り返していませんか」

陰湿、という言葉が出た瞬間、学務課の先輩達は一斉に青ざめた。猪谷さんが隣から耳打ちしてくる。

「ちょっと、ヤバいんちゃう。主任ってあんな不器用熱血キャラやったっけ？」

《たがが外れてしまったんだろうな。いつも落ち着いてるのに、よりにもよってこんな場で……》

猪谷さんの疑問に答えるかのように、紅葉さんが言う。

主任は机の上で両手の拳《こぶし》を握り、課長を睨《にら》みつけている。確かに不器用なのだろう。今までにもそう思うことは何度もあった。

（でも私は、そういうところが好きなの）

心の中で紅葉さんに向かって言った後、主任の方を見た。主任は課長を睨んだまま話し続ける。

「以前、課長が共有フォルダ内で犬牧の文書を書き換えたであろうことにも、気づいていました。なのに……私は見て見ぬふりをすることしかできませんでした。もし私が犬牧をかばい、それが裏目に出て状況がさらに悪くなったら、もし去年と同じことになったら──そんなことばかりを考えて、行動を起こすことから逃げていたんです。ですが、もう限界です。目の前で部下が傷つくのを見過ごすのは嫌です」

主任の声はわずかに震えている。「去年と同じこと」というのは、もしかして……。

私に対する主任の態度は、いつもどこかぎこちなかった。彼はずっと迷っていたのだ。課長からおそらく目を付けられている私に対して、何をすればいいか。

そのとき、黙っていた有馬先生が突然、持っているペンの先でコンコンと机を叩き始めた。眉間の皺が深くなっている。

「学務課内で何が起きているんですか、猿渡課長」

課長が先生の方を向いた。私達部下には見せたこともない、しおらしい顔と声で言った。

「大変申し訳ございません。私は課内の業務が円滑に回るよう、常に目を配っていたつもりだったのですが……それが部下には上手《うま》く伝わっていなかったようで」

私の隣で猪谷さんが口をぱくぱくさせている。普段との違いに唖然《あぜん》としているのは、私だけではないようだ。

「私にも至らないところがあったのだと思います。しかし『陰湿な嫌がらせ』というのは、いくらなんでも言いがかりです。とても傷つきました……木虎主任には発言を撤回していただきたいです」

先生は表情をいっそう険しくして、睨むように主任の方を向く。課長は被害者の仮面を外さず、他のメンバーは気まずそうに無言でうつむくだけだ。

え、どうして。なぜ主任が悪者みたいになってしまうの？

見ていられなくなり顔を伏せようとした瞬間、スカートのポケットの中から「目を逸らすな、灯子」と紅葉さんの叱咤《しった》が飛んできた。

《これが社会の掟《おきて》だ。仕事に限ったことじゃない。今の主任さんみたいに熱くなって、根拠もないのに人を責める発言をした者は立場を脅《おびや》かされる。課長さんのように、綺麗で謙虚な言葉だけを使う者が勝つんだ》

有馬先生の視線をなぞるように、課長も主任の方を向いた。先生から見えないよう顔の角度を少し変え、ほんの一瞬、勝ち誇ったような笑みを浮かべた。

主任は何も言えずにいる。学務課の先輩達も。

紅葉さんの言うとおりだった。この状況でさっきのような発言をして、主任の立場が悪くなるのは当たり前のことだ。対して課長は、普段から真面目な仕事ぶりで先生方の信頼を得ているうえに、今も表向きは謙虚な姿勢を崩そうとしない。有馬先生は間違いなく、彼女の方を信じるだろう。


紅葉さんの言うことは正しい。社会の真理だ。

(紅葉さん……私、課長と皆さんに謝る)

もう何も考えることなく、心の中で紅葉さんに向かって宣言した。

(私が課長から指示されていたのを忘れていただけです、って言う)

そして、今主任がこんな発言をしたのは、私が前に「課長から嫌がらせをされている」と被害妄想的な相談を持ちかけたからだ——ということにしておけばいい。そうすれば、悪いのは全部私一人だということで丸く収まる。主任をこれ以上苦しめずに済む。

「あの……」

《灯子》

私が声を上げようとしたとき、紅葉さんが言った。

《それは一番やってはいけないことだ》

(え?)

紅葉さんの声は、今まで聞いた中で一番冷たいように聞こえた。怒っているようですらあった。

《灯子は「自分のことばかり考えたくない」「人の役に立ちたい」って、いつも言っているよな。だからって安易に自己犠牲を払おうとするな。この場を丸く収めるためなんかに、灯子が負けてやる必要はないんだ》

上座では課長が先生に弁解を続けている。

紅葉さんは少し声を穏やかにして言った。

《負けるなよ、灯子。焦るな、熱くなるな、絶対に失言をするんじゃないぞ。灯子の大好きな主任を助けるためにも、一緒に知恵を絞ろう》

「負けるなよ」という紅葉さんの一言は、荒《すさ》みかけていた私の胸の奥に火を灯した。紅葉さんはこの状況でも諦《あきら》めず、主任と私の両方を助けようとしているのだ。私も絶対に諦めない。負けたくない。

(わかった)

そう返事をしたものの、いい考えが全然思いつかなかった。課長は私に「学生の評価方法に関する他の医科大学の取り組み」を調べておくよう指示したと言っている。だけど実際は指示されていないのだから、当然私は調べていないし、この場で説明できるような情報も持ち合わせていないのだ。

こうしている間にも、ミーティングの時間は過ぎていく。

《「学生の評価方法に関する他の医科大学の取り組み」については……俺も医学部の授業のことは詳しくないから、いつもみたいに灯子に教えることはできない。だが、俺が教えなくても、灯子が自分で学んだ中から何か話せることがあるんじゃないか》

（え？）

何のことかわからず困惑する私に、紅葉さんは言った。

《いいか灯子。大事なのは、足を引っ張ってくる相手——課長さんと同じ土俵に立たないこと。そして、仕事の本来の目的から外れず真摯な態度で応じることだ》

それさえ忘れなければ、必ず味方は増えていく。紅葉さんはそう言って、私にある提案を持ちかけた。その直後、猿渡課長が私の方を向いて言った。

「犬牧さんから説明してもらう予定でしたが、難しいようですので、私の方から——」

紅葉さんの予想どおりの発言だ。

私はとっさに、課長の話を遮《さえぎ》った。

「課長。私の方からもお話しできることがあります」

課長は今日初めて驚いたような表情を見せた。隣にいる有馬先生も私に注目する。

「医科大学の事例ではないのですが……以前課長がメルマガで送ってくださった『アクティブ・ラーニング』について調べてみたところ、授業での学生の評価方法についても触れられていました。本学における改善の参考になるのではないかと思います」

アクティブ・ラーニングの話を持ち出すのは、紅葉さんが提案してくれたことだった。ミーティング資料を見ると、うちの大学の評価結果の中には「アクティブ・ラーニングをより活用するべき」とも記載されている。紅葉さんはそこに目を付け、「学生の評価方法の改善」と関連付けられるのではないかと思いついたのだった。

けれど、図書館で借りたアクティブ・ラーニングについての本は主に帰宅後、私一人で読んでいたため、紅葉さんは内容をほとんど知らない。ここからはもう、彼の助けを借りることはできない。私が自分で考えて、話さなければ。

「課長がメルマガでおっしゃっていたように、アクティブ・ラーニングはデューイが提唱した問題解決学習にも通じるものです。例えばある問題についてディスカッションを行ったり、考えをまとめてプレゼンテーションを行ったり……。これらの活動を授業に取り入れることによって、学生は単に知識を覚えるだけでなく、得た知識を使って考えを深めることができます。また、それに加えて、学生の評価を行う際にもメリットがあると考えられます。ペーパーテストやレポート課題だけでは評価しにくい学生の『技能』や『態度』

——知識を適切に活用できるか、そして医師を志すうえでの態度はどうか——を見ることができるからです」

話している途中、木虎主任と目が合った。少し心配そうに私を見ているが、さっきまでの苦しい表情ではなくなっていた。

他の皆は、もう主任の方を見ていない。よかった。話を本筋に戻すことには成功したようだ。

「本学でもアクティブ・ラーニングを取り入れている授業はありますが、評価機構からは『より活用するべき』とのコメントもあります。ですので、より多くの授業でアクティブ・ラーニングを実施できるよう、教員向けの講習会などを開催してもよいかと思われます。また、既《すで》にアクティブ・ラーニングを取り入れている授業に関しては、他大学の事例も参考にしながら、より良い学生の評価方法について検討を——」

そのとき突然、課長が「もういいです」と私の説明を止めた。

「アクティブ・ラーニングの重要性は十分わかります。しかし、実施の難しさや偏重することによる弊害《へいがい》も懸念されます。それについてはどう考えますか？」

「そ、それは……」

何も思いつかなかった。私が本で読んだ部分ではアクティブ・ラーニングの実践例やメリットが多数挙げられていた。しかし、アクティブ・ラーニングを行ううえでの困難や問題点については本の後半部分に書かれていて、まだ読めていないのだ。

私が答えられないことを察すると、課長はフッと小さく鼻を鳴らした。

悔しくてたまらなかったが、直後、気分を良くした課長の発言から予想外の展開になった。

「それと、今の説明について一カ所訂正させてもらいます。――アメリカで問題解決学習を提案したのは、デューイじゃなくてジェームズでしょう」

「――あっ」

思わず声が漏れてしまった。ほぼ同時に、紅葉さんが「ははっ」と彼独特の快活な笑い声を上げる。

《思った以上にあっさり引っかかったな》

（……ひょっとして狙ってたの？）

ミーティング前の昼休憩中、アクティブ・ラーニングについての本を読んでいたとき、私達は課長の「学務課つーしん」の誤りに気づいた。「デューイ」であるべき箇所が「ジェームズ」と書かれてあったのだ。

けれど今の発言を聞く限り、課長はまだ自分の間違いに気づいていないらしい。

そして。

「課長。お言葉ですが、犬牧の言った方が正しいと思います」

真っ先に声を上げたのは木虎主任だった。が、課長はまだ余裕の笑みを崩さない。

「あなたまで何を――」

「正しいのは彼らの方です、猿渡課長」

「え？」

有馬先生に指摘されると、課長はようやく焦り始めた。

「どういうこと？　だって……だって、前に私がメルマガを送ったときは、誰も間違いだって言ってこなかったじゃない」

口の字型に並んで座っている学務課の先輩達の様子をうかがう。一人残らず、必死に笑いをこらえている顔をしていた。普段は清楚《せいそ》系美人の牛尾さんまで、赤くなった頬《ほ》っぺたを膨らませて、オカメみたいな顔になっている。

雰囲気に耐え切れなくなったらしく、課長は私に向かって声を荒らげる。

「犬牧さん！　本当のことを言いなさい。アクティブ・ラーニングについて調べたのは、私のメルマガにケチつけるためでしょう！」

私が否定するまでもなく、有馬先生が「何を言うんですか」と割って入った。

「あなたは彼女に、学生の評価方法について調べるように指示したのですよね。だから彼女は調べた。それだけのことでしょう。それとも、彼女に指示を出したのは嘘だったとでも言うのですか」

課長の顔はどんどん青ざめていく。

「猿渡課長、あなたが現理事長の威を借りて課内でやりたい放題しているという噂は度々耳にします。私も他の教員達も、真面目で努力家なあなたがそんなことをするはずがないと信じていました。ですがこの様子を見ると、木虎主任の言っていたことが事実であるように思えてしまいますよ……」

「そ、そんな」

「話の本題に戻ってもらえますか。時間が押しています。私は夕方から別の予定も入っていますので」

有馬先生は冷たく言い放った。眉間の皺は消え、呆《あき》れるような脱力した顔をしている。

「……は、はい……」

課長は消え入るような声で返事をし、手元のレジュメに視線を落とした。

《頑張ったな》

紅葉さんが声をかけてきた。だけど、彼がいなかったら私は冷静な判断ができなかったと思う。苦しむ主任を目の前にして、課長に怒りをぶつけたり、泣き出したりしていたかもしれない。

（ありがとう、紅葉さん）

これで何度目になるかもわからない感謝の言葉を、紅葉さんに言った。

ミーティングは予定より少し延長されたものの、ひとまず無事に終了した。予定があると言っていた先生が真っ先に会議室を出ていき、学務課のメンバーで片づけをする。

いつもなら片づけは管理職以外で行うため、課長は先に出ていく。が、今日はなぜか部屋に残っていた。作業には加わらず、壁際にある移動式のホワイトボードをぼんやりと眺めていた。

片づけを終えて、学務課のメンバーは次々と部屋を後にする。最終的に残ったのは私と主任、それに課長の三人だけだった。

「あなたが悪いのよ」

私と主任が部屋を出ようとしたところで、課長が突然言った。

「あなたが私を陥れるようなことをしたせいで、時間が押したのよ」

課長の視線は私の方を向いていた。声にも表情にも、先生がいるときとは別人のような威圧感があった。

「何をおっしゃるんですか。陥れようとしたのはあなたの方――」

主任が言い返そうとしたが、課長はそれを遮るように一段階声を大きくする。

「本当に新卒は、どいつもこいつも……去年の辰見《たつみ》だって、とんでもないやつだった」

辰見、という名前が出たとたん、主任は急に口を閉ざしてしまった。課長の口から語られる辰見さんの働きぶりは、前に主任から聞いたものと全く違っていた。

「何でも独断で進めて、こちらが注意すればすぐムッとする。ふてくされる。まるで注意した側が悪いみたいに」

課長は私に向かって言った。

「あなたも同じようなものよ。少し口癖を注意したくらいで怯えまくって、気にしすぎてミスを連発。まるで私が悪者みたいじゃない」

「え……」

私の頭の中に、あのときの課長の声がよみがえった。

――犬牧さんってさ、「あの～」っていうの口癖だよね。

五月の連休明けに注意を受けて、今までに何度も思い出しては、気に病んでいた。けれど注意した課長の方も、そんな私を見て気分を害していたのだ。注意したことによって私の働きぶりが改善されるどころか、どんどん悪くなっていったから。

課長は深く息を吸う素振りを見せた後、一気に吐き出すようにして言った。

「気持ち悪いくらい繊細な宇宙人よ。最近の新卒は」

その一言に、彼女が抱えている憤《いきどお》りの全てが込められているようだった。

「即戦力になれなんて言わないわ。けどね、せめて一日でも早く戦力になれるように、少しくらい嫌なことがあっても我慢しなさいよ。誰だってたくさん失敗して、厳しい注意を受けながら成長していくの。それなのに何なのよ、あなたは！　ちょっと注意されたくらいでビビりまくって、ミスしたらこの世の終わりみたいな顔して……周りにどれだけ気を遣わせているかわかっているの？」

話せば話すほど、課長の声はどんどん大きく、激しくなってゆく。が、突然ぴたりと言葉を止めたかと思うと、私に向けていた視線をすっと主任の方へと流した。

「木虎くん、あなただって私と同じ気持ちでしょう？」

「え？」

私は何が何だかわからず、睨み合う課長と主任の顔を交互に見る。

「知っているのよ。あなたが前の職場で新人の指導係だったとき、電話を全く取らないことを注意したら『電話対応を強要されて精神的に追い詰められた』って休職されたそうじゃない」

主任は黙っている。課長の話が事実だからだろうか。

「あなたは全く悪くなかった。それなのに一部の心ない職員達に悪い噂を広められて、ついには職場に居場所がなくなったのよね。あなたがうちに転職してきたとき、前の職場にいる私の知人から聞いたわ」

課長が言うのは間違いなく、前に牛尾さんが話していた「新卒クラッシャー」の噂のことだ。憤りを覚えずにはいられなかった。主任が潰《つぶ》したのではなく、完全にその新人の逆恨みじゃないか。

けれど課長の目から見れば、主任に対して逆恨みしたその新人も、辰見さんも、そして私も同じような「宇宙人」だというのだ。

「私は新人時代、どんなに厳しく叱《しか》られても、歯を喰いしばって頑張ってきたわ。教授の親戚だからコネで入職したって噂されて、嫌がらせもたくさん受けた。この大学を結婚するまでの腰掛けとしか考えていないような、同年代の女性職員達から」

ドラマか何かの話を聞いている気分になったが、課長の表情も、声も、ミーティングのときとは全く違った。嘘をついているようには見えない。

新人の課長を助けようとしてくれる人も、いないわけではなかったらしい。しかし、そういう人達の目的は決まって、課長を通して親戚の教授に自分を売り込み、評価を上げることだった。親戚といっても遠いものであるとわかったとたん、手のひらを返した者もいるという。

「それでも泣き言なんて吐かず、自分にできる仕事を精一杯やってきたの。この大学の役に立ちたかったから――。働くことは闘いなのよ。苦しみに耐え忍ぶことができないような人に、社会に出る資格なんてない。この大学からもいなくなってくれた方がマシよ！」

私は何も言えなくなった。主任や私に向かって話している猿渡課長が、驚くほど真っ直ぐな目をしているからだ。

真っ直ぐな目をした人が好きだという、理事長の言葉を思い出した。真っ直ぐな目をした人は純粋である一方、強い思い込みにとらわれることもある。そう私に語ったとき、理事長の頭の中には猿渡課長の存在もあったのだろうか。

すぐにへこたれるような新人はいない方がいいと、課長は本気で思っている。だから口癖を注意された程度でうろたえる私に失望した。

『いつも自分だけが苦しいって顔してるのよね、あなた。自分さえよければいいのよね』

面談での課長の言葉を思い出す。課長からすれば、私はそのような人間に見えたのだろう。それで、この大学から追い出そうと嫌がらせを繰り返した。

課長は傍にあるホワイトボードに手を伸ばした。前に見たときと同じように、プラスチック製の円形マグネットボタンが六つ貼られている。そしてやはり前と同じく、一つだけ大きなひびが入っている。

ひびの入ったマグネットを手に取って、課長は「これはもう捨てた方がいいわね」とつぶやいた。

そのとき。

「課長、それは違います」

ずっと黙っていた主任が、静かに反旗を翻《ひるがえ》した。

「課長のお気持ちはわかります。私はまだ三十ですが、それでも自分より若い世代の気持ちが理解できず、宇宙人か何かに見えることがありました。どうしてこんなに傷つきやすいのだろう……と。ですが、それは彼ら自身のせいじゃない。彼らの育ってきた時代が、環境が、そのような若者を生み出しているというだけのことです」

主任の視線は課長の方を向いていたが、彼女を見てはいないようだった。ここにいない誰かに思いを馳《は》せているような目をしている。

「私も偉そうなことを言える立場ではありません。新人とどう接してよいかわからないから、できるだけ関わらずに毎日を平穏に過ごしたい……犬牧が配属された頃はそんな風に考えてしまっていました」

ちらりと申し訳なさそうな目で私を見た後、主任は再び課長の方に視線を戻した。

「ですが、今は考えを改めています。若者に強くなることを望むなら、上に立つ我々も彼らと向き合うことから逃げてはいけない。彼らを追い出そうとするなんてもってのほかです……それと」

主任はゆっくりと課長に歩み寄り、ひびの入ったマグネットボタンを彼女の手から奪い取った。

「これは、まだ使えます」

課長の背丈は主任の胸あたりまでしかない。課長は思い切り顎《あご》を上げて、ほんの一瞬、主任を強く睨みつけた。

「『追い出そうとする』なんて人聞きの悪い。そんなの、私は一度もしたことないわよ」

それだけ言うと、課長は風を切るような歩き方で部屋を出ていった。

《結局、灯子に嫌がらせしたことについては、徹底的にしらばっくれるんだな》

（ねー）

主任と並んで、事務室へと戻る廊下を歩いた。が、当然ながら楽しく会話する雰囲気にはならず、私は喋りかけてくる紅葉さんの相手をする。

ちょうど授業が終わったところらしく、講義室の方から学生の集団が歩いてきた。

「十月の土日、何も予定ないいんやけど」

「俺はデートあるわ」

「えー、羨《うらや》まー。どこ行くん」

「紅葉見に行く」

「紅葉《こうよう》、見に行こうよう！　って誘ったんか？」

彼らは大爆笑しているが、相変わらず何が面白いのかさっぱりわからない。箸《はし》が転んでも可笑《おか》しい年頃というものだろうか。私と少ししか歳《とし》は変わらないはずなのに、何かの隔《へだ》たりを感じる。主任から見た私も、若くて理解しづらい存在なんだろうか。

と思っていると、隣で主任が突然「ふふっ」と噴き出した。爆笑している学生達の方を見ている。あ、意外とこういうのがツボなのね……。

「主任」

「え？」

一人で笑っているのを恥ずかしく思ったのか、主任は少し動揺した様子で私の方を見た。

「私のことも、宇宙人みたいだなって思ったりしますか」

主任は何とも言えない顔でさっと目を逸らす。うわー、絶対思ったことあるんだー。

事務室まであと少しのところで主任が足を止めた。私もつられて立ち止まる。主任は初めて、辰見さんが休職した経緯を私に話した。

「辰見について課長が言っていたのは本当のことだ。努力家だが、少し指摘を受けただけでムッとしたり、反抗的になったりすることはあった。それで課長に目を付けられて、うんと仕事の量を増やされたんだ。手伝うから無理をするなと言ったんだが、それも裏目に出た。プライドが傷ついたんだろうな。辰見のやつ、意地を張って、振られた仕事を何が何でも一人でやりきろうとしたんだ。しかも、俺が辰見の肩を持とうとしていることが課長にバレて、彼への当たりはさらに酷くなってしまった」

辰見さんは倒れる直前まで一日も休まず、元気そうだったらしい。そしてある日急に身体《からだ》が動かなくなり、大学に来ることができなくなった。病院で「ストレスによる適応障害」の診断を受けたそうだ。

「辰見が休職に入った直後、家に見舞いに行っていいかとメールしたことがある。一人暮らしで実家にも帰っていないようだったから、心配でな。だけど兄が来ているからと断られて、それからは必要最低限の連絡しか取っていない。部下との接し方が本当にわからなくなって――犬牧に対しても、すまなかった。お前が慣れない仕事に戸惑っているときも、俺は十分にフォローしてやれなかっただろう?」

私は何も言えず、ただ首を横に振った。

私が配属された頃の主任は、前の職場の後輩や辰見さんの件があって、完全に打ちのめされていたのだ。けれど、どんなにぎこちなくても、主任はいつも私を気にかけてくれていた。それが伝わっていたからこそ私は、この人のことを好きになったのだ。

「それでも犬牧と一緒に仕事をする中で、俺は少しずつ、もう一度部下とちゃんと向き合おうと思えるようになったんだ。南里《みなみさと》病院での打ち合わせ中、俺がわざとスマホを鳴らしたことに気づいてくれたときも、本当に嬉しかった……。だからこそ、さっきのミーティングで苦しそうな犬牧の姿を見て、どうしても耐えられなくなったんだ。だが課長に向かってあんなことを言ったのは良くなかったな。ましてや話し合いの場で。俺は結局いつまでたっても、上司として、部下のために正しいことができないようだ」

「主任」

少しくたびれたスーツの袖口から出ている主任の拳は、疲れきって力が入っていないようだった。太い血管が浮いているが、血の通わない人形のようにさえ見える。

その手を握る代わりに、私は言った。

「大丈夫です、主任。正しいことは、たくさんあります……私、嬉しかった」

あの場で声を上げてくれたとき。いや、配属されたときから今まで何度も。

私達は顔を向き合わせた。人形のように強張《こわば》っていた主任に、少しずつ熱が戻っていくのがわかった。今までで一番穏やかな笑みを見せながら、主任はさっき私が投げた質問に答えてくれた。

「宇宙人に見えるとまでは言わないが、世代の違いを感じることはある。だけどそれ以上に、犬牧が犬牧なりに考えて、行動して、人の役に立とうと頑張っているのがいつも伝わってくるよ」

「あ、ありがとうございます」

嬉しくてにやにやしそうになるのを必死にこらえた。この状態で二人きりならば、どんなに幸せだろう。

しかし、私達の会話を聞いている人が、たった一人いるのだ。

《何かいい雰囲気だな。通信を切って二人きりになった方がいいんじゃないか？》

（……ちょっと、今、は、話しかけないで！）

紅葉さんの期待には沿えず、それからすぐ二人で事務室に戻ることになった。私の席のすぐ近くまで来たとき、突然主任が「あっ」と何かを思い出したように言った。

「どうしたんですか」

「会議室のマグネット、持ち帰ってきてしまった」

主任が拳を開くと、課長から奪ったマグネットボタンが手のひらにちょこんと乗っていた。会議室のホワイトボードに貼ってあった、プラスチック部分にひびの入ったものだ。

「主任、それ貸してください」

私はあることを思いついて、マグネットを手に取った。自分のデスクからマスキングテープを持ち出し、ひびの入ったプラスチック部分の全面を覆《おお》うように貼っていく。

「これでもう、大丈夫です」

完成したマグネットはひびが完全に隠れ、マスキングテープの花模様で彩られた。

《さすが「マステ使いの犬牧」だな》

（ふっふっふ。今度、時間あるときに会議室に返してこようっと）

《そのときは主任も誘えよ》

（誘わないよー。さっきから何でそんなにからかうの？）

他愛のない会話が続いていたところだったが、突然紅葉さんの返事が途絶えた。

（紅葉さん？）

自席に座り、こっそりとスカートのポケットからスマホを取り出した。アプリ一覧の画面を見ると、神社アプリのアイコンは鳥居の絵に戻ってしまっていた。

勝手に通信が切れるのも、最近は慣れっこになってきている。が、今日はそれだけでは終わらなかった。

「……あれ？」

通信を再開させようとしてアプリのアイコンを何度長押ししても、絵が切り替わらない。今までにもアプリが反応しにくいことはあった。けれど、何回か試せば問題なく通信できていた。

「犬牧ちゃん、二学年の学生さんが早期臨床体験実習のことで質問があるって」

「は、はいっ。今行きます」

カウンター窓口から兎月さんに呼びかけられ、慌《あわ》ててスマホをポケットに戻した。

きっとまた電池残量が足りなくなったんだ。平静を保って仕事に戻るためには、そう自分に言い聞かせるしかなかった。

その日、家に帰った後すぐ、スマホを充電器に繋げた。電池残量はそれほど減っているわけではないのに、やはり何度試してもアプリは反応しなかった。

「紅葉さん……?」

スマホを握る手のひらから冷汗が湧き出てくる。頭がクラクラする。

通信を入れられないまま、充電は一時間足らずで完了した。

「しばらく時間を置けば……明日になればきっと……」

鳥居の絵のアイコンを見つめながら、私は祈るようにそうつぶやいた。もう、祈ることしかできなかった。

*

通信が途絶えた次の日も、その次の日も、アプリが再び反応することはなかった。

働きたくないわけじゃないのに、紅葉さんと出会う前以上に毎日身体が重く感じられた。

中之島を歩き、赤や黄に彩られ始めた川沿いの木をぼんやりと眺めながら、どうして、どうして……と心の中で繰り返した。

そんな中で迎えた十月中旬。朝礼で猿渡課長から、辰見さんが復職するというアナウンスがあった。

「産業医との面談も済み、来週から復帰する予定です。半年ぶりで彼の方も不安がいっぱいだと思いますので、皆でフォローしていきましょう」

課長はあくまで事務的に、淡々《たんたん》と話していた。その隣で木虎主任がほっと安堵《あんど》するような表情を浮かべた。

けれど今の私は、とても他の人をフォローできるような状態ではなかった。この日の業務中も、今までにないような初歩的なミスを連発した。

「犬牧ちゃん。木虎主任宛《あて》のメール、私に誤送信しちゃってるよ」と兎月さん。

「犬牧さん。この書類、凄いタイプミスしてるよ。『西暦』が『性的』になってる」と牛尾さん。

「ちょっと、性的な犬牧。スカート前後逆にはいてる。気づいたのは主任やけどね。『男から言われるのは嫌やと思うから、さりげなく教えてあげて』って頼まれた」と猪谷さん。

それをバラしてしまったら、主任の気遣いが台無しになるのでは……？　とツッコミを入れたいけど、そんな元気も出ない。

「犬牧さん、いったいどうしたの？」

「最近変やで」

昼休憩の終わり際、食堂で牛尾さんと猪谷さんが耐えかねたように尋ねてくる。二人はもう食べ終わっているが、私の方はまだおかずもご飯も半分以上残っている。何も食べる気にならないのだ。

私はポケットからスマホを取り出し、ふらふらとした手つきで牛尾さんに差し出した。

「あの……牛尾さん、ちょっと私のスマホを叩いてもらえませんか」

二人共「何言ってるんだこいつ」という目で私を見た。

「は？」

「前にプロジェクターが動かなくなったとき、『大抵の機器は叩けば直せる』って言ってましたよね」

牛尾さんが画面を覗《のぞ》き込んだのと同時に、スマホはブルッと振動してＬＩＮＥのメッセージ受信を通知した。前に無料スタンプを手に入れるために登録した、エステサロンのアカウントからだった。

「スマホ、壊れてへんやん」

壊れているのは私の方だと言わんばかりに、牛尾さんは心配そうな目を向けてくる。

「しんどいんやったら、午後休んでもええよ。今日特に忙しくないし」

「この際、エステでもマッサージでも行っておいで」

指先でＬＩＮＥの通知に触れると、アプリは正常に起動する。スマホの他の機能も、いつもどおり使えている。紅葉さんとの通信だけがどうしても駄目なのだ。

昼休憩終了が迫っている。

「す、すみません。午後、休ませてください……」

牛尾さんと猪谷さんは更衣室まで見送ってくれたうえに、ずっと優しい言葉をかけ続けてくれた。猿渡課長から言われたとおりじゃないかと思った。私は皆に気を遣わせてばかりいる。こんないい人達を振り回してしまうなんて、自分が情けない。

ほとんど意識なく着替えていたら、今度は私服のカットソーを前後逆に着てしまった。けれど、もう直す気力もなかった。トレンチコートを羽織れば目立たないだろう。

昼間で天気もいいが、中州《なかす》へと渡る橋の上には、絶えずひんやりとした秋風が吹いていた。うつむいてスニーカーの靴紐《くつひも》を見ながら歩いた。紅葉さんに初めて出会ったとき、ほどけにくい結び方を教えてもらったことを思い出す。そういえば、あれから一度もほどけていない。

突然、川の方から強い風が吹いた。どこからか飛んできた一枚の赤い葉っぱが、私の足元に舞い落ちた。

(こんな別れ方なんて嫌だ……紅葉さん！)

落ち葉を蹴《け》散らすように、橋の上を一気に駆け抜けた。

自宅に帰り、コートを床に脱ぎ捨ててベッドの上に倒れ込んだ。涙は少しも出なかった。何が何だかわからないと、人は悲しむこともできないのだと思った。

頭がぼんやりして、いつの間にか眠ってしまった。そのあと目が覚めたが、どのくらい時間が経《た》ったのかわからない。ベッドの上から起き上がれないまま腕を伸ばし、カーテンを引っ張って開ける。窓から見える空は夕暮れの色に染まっていた。

昼食をほとんど残したのに、お腹《なか》は全くすいていない。晩ご飯、抜きでいいや。化粧も落としていないけれど、今は何も考えず、ただ眠りたい。

私は再び目を閉じた。

《灯子》

(？)

私は耳を疑った。まどろみの中で聞こえてきた声は、間違いなく紅葉さんのものだった。

これは夢だろうか。真っ暗で何も見えない。身体も動かないし、そもそも自分の身体というものを感じられない。意識だけがどこかを漂っているみたいだ。

(紅葉さん？)

《よかった、ようやく繋がった》
　半月ぶりくらいに会話できて、何から言えばいいか迷っていると、紅葉さんが突然こう打ち明けた。
《生きていたときの記憶を思い出したんだ》
（え、嘘）
　まさか、それが理由でアプリが機能しなくなったのだろうか。
（いつ思い出したの？）
《課長さんとひと悶着《もんちゃく》あった、学務課のミーティングの直後。灯子と主任さんが話していたときだ。その後すぐ、通信が途絶えた》
（どうしてそんなタイミングで……）
　自分の素性《すじょう》を思い出したという紅葉さんだが、それについて私に何かを語ることはなく、むしろ私の近況の方を尋ねてきた。
《通信できない間、ちゃんと仕事はできていたか？》
（え、ええと……だ、大丈夫。そういえばね、来週から辰見さん復帰できるんだって）
《そうか。じゃあ、灯子がフォローしてやらないとな》
（私の方が後輩だってば……だけど、そうだね）

《主任とは何か進展あった？》

（な、何もないよ。前よりは話しやすくなったけど）

《あの主任さんは不器用で臆病《おくびょう》なところもあるが、そのぶん他人の弱さも理解できるいい男だ。やっぱり灯子は人をよく見てる。他の女に取られる前に付き合わないとな》

（えええええっ！　何、急に）

《くれぐれも自分から告白なんてするな。向こうから告白させて、主導権を握れ》

（……）

《どうした灯子》

（……紅葉さん。どうして、そんな先の話をするの？）

紅葉さんはいつもどおりからかっているつもりだろう。だけど、何かが変なことに私は気づいてしまった。

（まるで言い残したことを話しているみたい。これでお別れだから？）

紅葉さんの声が途絶える。暗闇しか感じられない中、私は何も言わず返事を待った。

問いに答える代わりに、紅葉さんは私に一つ質問を投げかけてきた。

《灯子には、まだ「代わりに働いてくれる人」が必要か？》

神社アプリの絵馬に書いた願い事のことだ。あの願いを書いた翌日、私は紅葉さんと繋がったのだ。

だけど、今の彼の質問には答えるまでもなかった。私はもう、誰かに代わりに働いてもらうことを望んでいない。紅葉さんとの出会いが私自身を強くしてくれたから。

（そういえば、紅葉さんも初音紅《はつねこう》神社で願い事をしたって言ってたよね。何を願ったの？　記憶が戻ったなら、それも思い出したでしょう？）

《ははっ。思い出したけど、恥ずかしくて言いたくないな。灯子の「代わりに働いてくれる人が現れますように」と同じくらい、他人任せな願いだし》

（えー）

《だけど、俺の願いが必ず叶うということだけは、確信が持てるんだ》

（……そっか）

問い詰めたい気持ちがないわけではなかった。けれど、紅葉さんの声が今まで聞いた中で一番幸せそうだったから、それだけで満足してしまった。

紅葉さんは私の未来について話し続けた。

《主任との初デートは中之島公園のバラ園だな》

（ちょっとやめて、想像しただけで顔がにやける）

《強い風が吹いて、バラの花びらが二人を包むように舞い上がって》

（わぁ、ロマンチック）
《「バラがバラバラですね」って灯子が言って、主任が笑う》
（前言撤回するわ）
《で、結婚して子どもが生まれたら》
（展開早すぎだって）
《子どもに愚痴るのは、ほどほどにな》
（……うん）
《お母さんと距離を置いたことで、自分を責めるな。灯子の心を守るために必要なことだったんだ》
（うん）
《家族とのこれからのことは……俺が口出すことじゃないな。気持ちが落ち着いたタイミングで、灯子自身が考えて決断すればいい》
（わかった）
《負けるなよ、灯子》
（うん、大丈夫）
《気が向いたら北海道の初音紅神社にも来てくれ》

（うん）
《主任も誘うか？　「紅葉《こうよう》、見に行こうよう」って》
（ふふ。主任ツボってたもんね、そのギャグ）
《——灯子》
（何？　紅葉さん）
《灯子は周りに迷惑ばかりかけてると思っているようだが、人は、自分が全く気づいていないところで周りを助けていることだってあるんだ。主任も灯子と一緒にいる中で前向きになれたと言っていただろう》
（そうだね）
《だからもう、自分のことを役立たずとは思うな。灯子ほど真面目で、誠実で、一日一日を懸命に生きている人間が、誰の役にも立たないなんてことがあるものか》
（……うん……）
《灯子の頑張る姿に救われている人は、きっと、灯子が思っているよりも多いぞ》
（……紅葉さん）
《どうした、灯子？》
（ありがとう）

目を覚ますと、開け放したカーテンの向こうに空が広がっていた。ぼんやりと光る川のような朝焼けが見えた。身体は意外にも簡単に起き上がった。鞄《かばん》に入れっぱなしだったスマホを取り出し、時間を確認する。午前六時。

アプリ一覧の画面を表示すると、神社アプリのアイコンは消えていた。

「行かなきゃ」

急いでシャワーを浴びた後、着替えて化粧をした。朝食をとる時間はあるが、昨日買い物をしなかったため食材を切らしていて、しっかりした朝ご飯を作れそうもない。

トレンチコートを着て、鞄を床から持ち上げた。昨日入れてあったタオルハンカチを取り出し、新しいハンカチに替える。早いけど出発しよう。

「泣かないんだから……！」

近所か中之島でモーニングをやっているカフェを探そう。昨日の昼から何も食べてないから、お腹は空っぽだ。チーズと厚切りトマトが挟まったハンバーガーが食べたい気分。ポテトは皮つきのがいい。しっかり食べよう、また歩き出すために。

そして出勤したらまず、昨日早退したことを謝ろう。迷惑をかけた分まで、今日からまた頑張ろう。

川沿いの紅葉が視界に入った。

（もう大丈夫よ）と心の中で紅葉さんに向かって言った。

最終章　#新卒8ヶ月目～

……紅葉舞う、二年目の春

「犬牧《いぬまき》さん、チェックお願いします」

辰見《たつみ》さんはそう言って、書類の束が入ったクリアファイルを隣の席から渡してきた。午後二時。まだ午前中に貰《もら》った書類のチェックも終わっていない。

十一月。辰見さんが復帰してからそろそろ一ヶ月になる。最初のうちは負担のかかる業務は避けた方がいいということで、単純作業や簡単な書類の作成を担当してもらっているのだが、それにしても仕事が速い。病み上がりでこれなら、本調子になると普通の人の倍くらいの仕事量は余裕でこなせてしまうのではないだろうか。

そして前に木虎《きとら》主任が言っていた、「大雑把《ざっぱ》だけど正確」の意味も何となくわかった。書類をチェックしていても、内容の誤りや誤字脱字は今のところ全くない。が、細かく見れば文字のフォントが統一されていなかったり、表記ゆれが目立っていたりする。

「あの、辰見さん。午前中にいただいたこの書類なんですけど」

「はい」

辰見さんは事務用椅子《いす》をくるりと動かして私の方を向く。

「内容は問題ないと思うんですけど、部屋の表記を統一した方がよいかと……『講義室2』か『第二講義室』のどちらかにそろえていただけますか」

辰見さんは私の顔をじっと見た。目が「チッ、細けぇな」と言っている。

猿渡《さるわたり》課長、ごめんなさい。私、今ちょっと課長の気持ちがわかります……！　人に指摘したり、注意したりするのって、結構勇気がいることだ。よかれと思って指摘しても、ネガティブな反応をされると気持ちが折れそうになる。

「えっと、あの……たぶん大半の人は同じ部屋のことだとわかると思うんですけど、別の部屋なのかと迷ってしまう人もいるかもしれないので、念のため」

「……わかりました」

辰見さんは書類を受け取り、すぐ自分のデスクの方を向いてしまった。

辰見さんの第一印象は、一言で言えば「怖そう」だった。体格はやや痩《や》せ型で、学生と同じくらい若く見える風貌《ふうぼう》だが、地顔が不機嫌そうなうえに何ともいえない目力がある。学生とは友達みたいに仲が良かったと木虎主任は言っていたけど、誰かと仲良くしているところなんて想像できなかった。

「犬牧」

呼ばれて振り向くと、木虎主任が一学年の試験の問題冊子を持って立っていた。試験担当の先生から依頼され、私の方で印刷したものなのだが……なぜだろう、主任の顔が少し憂鬱《ゆううつ》そうに見える。

「さっき印刷してくれた冊子、確認したんだが、どうして百三十部もあるんだ」

「え？　一学年百二十名分と、予備十部、合計百三十部で合ってると思うんですけど」

「この科目は選択制だから、受験人数は二十名だ」

「……あ！」

私はようやく自分のミスに気づいた。二十名分でいいところを、百名分も多く印刷してしまったのだ。大量の紙を無駄にした。

「この間も同じミスをしていた……反省してくれ」

主任は今にもため息をつきそうな呆《あき》れ顔をしている。社会人になった頃の私であればショックで一週間くらいは呆然《ぼうぜん》としていただろうけど、もう大丈夫だ。いや、大丈夫じゃない。ちゃんと反省しないと。

「はい。気をつけます。ご指摘ありがとうございます」

「――それと」

主任は真顔に戻り、私のデスクに「一～四学年シラバス作成担当表」と書かれた一枚の紙を置いた。そろそろ来年度のシラバスを作成する時期に入るらしく、誰がどの範囲を担当するかが表で示されている。

「一、二学年分は犬牧と辰見に担当してもらう」

「……私の割り当て多くないですか」

どう見ても「辰見」より「犬牧」と書かれている箇所の方が多い。私が困惑していると、主任はふふっと軽く笑って言った。

「辰見はまだ復帰したばかりだ。犬牧がフォローしてやらな、あかん」

久しぶりのはんなり京都弁！　だけど主任の方も今や、私が配属された当初とは変わってきている。部下にはっきり注意するようにもなったし、あと、何だか私に対して日に日に厳しくなってきているような……。

「ほら。ぼんやりしてないで、さっさと仕事に戻る」

「は、はいっ」

私は慌《あわ》てて自分のデスクの方に向き直る。予定を確認しようと手帳を開いたとき、表紙の裏に貼られたマスキングテープが目に入った。最近知ったお気に入りの言葉を書いて、いつでも見られるように貼っているのだ。

【　成長の第一の条件は未成熟である　】

これは木虎主任が教えてくれたデューイの言葉だ。主任の話によると、デューイは未成熟であることを単なる欠如《けつじょ》とみなすのではなく、未成熟だからこそ成長の可能性を秘めていると考えたそうだ。

私は今まで、自分の未熟さが嫌でたまらなかった。何の役にも立たず、周りに迷惑ばかりかけて。だけど今なら、デューイのこの言葉の意味がわかるような気がするのだ。

そして主任の態度が最近厳しくなっていることについては、不覚にも「これがギャップ萌えというやつか」と思ってしまっている。良い。こういう主任も凄《すご》く良い。私、一度主任にめちゃくちゃ叱《しか》られてみたい。

「すみませーん」

カウンター窓口に学生が来ている。用件を尋《たず》ねると、電車の遅延証明書を差し出された。ダイヤの乱れがあったため、一限の授業を遅刻してしまったとのことだった。

「証明書の裏面に学籍番号とお名前の記入をお願いします」

出欠をとるための講義室のカードリーダーは、学務課の出欠管理システムにつながっている。授業開始時刻を過ぎて学生証を通した場合は、自動的に「遅刻」回数がカウントされる。しかし交通機関の遅れのせいで遅刻した学生については、遅延証明書の提出をもって遅刻の記録を取り消すことになっている。

「書けました！」

「では、これで受け付けさせていただきますね」

学生は軽快な足取りで事務室を出ていった。けれど、何かが妙だ。

学生から受け取った遅延証明書は、鉄道会社のウェブサイトから印刷したもののようだった。遅延時間は「三十分」となっている。普通、これほど大幅にダイヤが乱れた場合、遅延を申告しに来る学生はもっとたくさんいるはずだ。

カウンター下のレターケースを確認した。提出された遅延証明書を入れる引き出しを見たが、今日はまだ空っぽだった。朝の電車が遅れたにもかかわらず、午後二時の時点で申告しに来たのは、さっきの学生ただ一人。

いつもならレターケースに証明書を入れて、私の役目は終わりだ。あとは出欠管理担当者が確認する。けれど、もやもやした気分が収まらずそのまま証明書を自席まで持ち帰った。よく見ると、日付の印字が他の文字と比べて少しずれていることに気づいた。

まさか。

察しが付いたのと同時に隣の席から辰見さんの腕が伸びてきて、証明書を奪われた。

「え？　ちょ……」

辰見さんは私に何も言わず、学生を追うように事務室を飛び出していってしまう。

「大丈夫かしら」

向かいの席から見ていた兎月《うつき》さんが心配そうにつぶやいた。空席になった辰見さんのデスクを見ると、パソコンの画面に鉄道会社のウェブサイトが表示されていた。

「もしかして辰見さん……」

辰見さんは私が持っていた遅延証明書を隣から覗《のぞ》いて、私と同じように不審に思ったのだろう。だから実際に電車の遅延があったかをいち早く確認したのだ。

そして案の定、あの学生が申告してきた路線に関しては、今日遅延は発生していないようだった。証明書は偽造されたものに違いない。

「私、ちょっと様子見てきます」

どうか辰見さんが、あの殺し屋のような目で学生を恫喝《どうかつ》していませんように。そんな私の祈りは通じたらしく、一人でロビーにいる辰見さんの姿を見つけた。学生を探しているのか、きょろきょろと視線を動かしている。が、私と目が合うと一直線に駆け寄ってきた。

「さっきの学生、見なかったか？」

「見ていませんけど……あの、見つけてどうするんですか」

ハラハラしながら尋ねたが、辰見さんの返事は意外なものだった。

「この偽の証明書を返して、注意する。今回はなかったことにするけど、こういうことは二度とするなって」

学生が偽造した証明書を見つめる辰見さんは、心なしか、いつもより少し優しい目をしているように見えた。

ただ、辰見さんの言う対応には問題があると思った。学生の不正行為を見つけたときは必ず上司に報告するよう言われている。その後は学生指導担当の先生に連絡がいき、対応が決定されるという流れになる。一事務員の独断で「今回はなかったことにする」なんてことは許されないはずだ。

「それは駄目ですよ。ちゃんと上に報告して、判断を仰ぎましょう」

優しかった辰見さんの目が、一瞬にして元に戻る。

「たかが学生一人見逃したくらいで、誰に迷惑かけることもないだろ」

「……」

事務室では敬語を使っていたのに、二人きりになったとたん、タメ口か。

本日二回目、猿渡課長の顔を思い出した。課長、やっぱりあなたの気持ちが少し、いやかなりわかる。この人は何というか、ムカつく……！

辰見さんも、そして私も、年上の人達から見ると未熟なところがたくさんあるのだろう。けれど、だからといって課長や母みたいに「自分さえよければいいのね」などと本人に言ったところで、何の解決にもならない。私は、未熟さにかこつけて人格を否定するような言葉をぶつけられるのが、何より辛《つら》かった。

辰見さんだって、きっと自分さえよければいいと思ってるわけじゃない。だから今、どんなに腹が立っても、彼の人間性を否定する言葉はかけない。

「学生一人を見逃して、もしも……もしもその学生が、他の学生に見逃してもらったことを話したら、学務課にクレームがくるかもしれません。今まで見逃されなかった学生から、『何であいつだけ見逃すんだ』って——」

そうなれば出欠管理担当者や上司達にも迷惑がかかるだろう。

私の顔を真っ直ぐに見ていた辰見さんだったが、話を聞いたとたん「あっ……」と目をしばたたき、視線を逸《そ》らしてうつむいた。

「……そっか。……そうだな……」

そうつぶやく辰見さんの顔は真っ赤だった。私に言われるまで、迷惑をかける可能性に思い至っていなかったみたいだ。

「犬牧さんって大人しそうだと思ってたけど、意外と変わってるな」

「え？」

「復帰したてだからか、皆俺と話すときは気まずそうにするのに、犬牧さんは結構はっきり意見とか言ってくるから」

でも木虎主任も去年よりは言うようになったな……と、辰見さんは一人ごちるように言う。少し申し訳なさそうな表情を見て、案外素直な人なのかもしれないと思った。

「事務のお姉さん達、別れ話してるんですかー？」

歩いてきた二人組の女子学生のうち一人が、からかうように声をかけてきた。もう一人が「ちょっと、失礼やで」と横から注意する。

「だって久しぶりに辰見さん見たから、声かけたくなったんやもん」

「あ、ホンマや。復帰されたんですね！」

「あんまり無理したら駄目ですよ、辰見さん。じゃあね！」

私は呆気《あっけ》にとられながら、学生と辰見さんを交互に見た。学生の様子はまるで、アイドルに黄色い声援を送るファンのよう。一方の辰見さんはというと、

「ああいう学生が一番苦手だ」

眉根を思い切り寄せているのが面白くて、思わず笑ってしまった。

「木虎主任から聞いたんですけど、辰見さん、学生と凄く仲良いらしいですね」

「まぁ……な。課長からは『事務員としての自覚がない』って五十回くらい言われたけど」

言われる度にムッとしてたんだろうなぁ。

私に対してもまだ仏頂面《ぶっちょうづら》の辰見さんだったが、二人で話すときはお互い敬語をやめないかと提案してきた。彼も私と同じで、一日中敬語で話すのが苦痛らしい。それに、私が浪人しているから年齢は同じだ。

「この遅延証明書を持ってきた学生、六学年に兄がいるんだ」

「そうなの？　よく知ってるね」

「去年窓口で対応したときに、本人から聞いた」

あの学生は去年、複数の試験で不合格になってしまい、留年の可能性もあると言われていたらしい。再試験の申請をするために事務室に来たとき、辰見さんに自分の兄の話をしたそうだ。

「首席で卒業確実って言われてる兄と、いつも比べられてるみたいでさ。話を聞いてるうちに何だか自分と重なって、つい甘やかしたくなっちまった」

「自分と重なって？」

辰見さんは、しまったと言わんばかりに手で自分の口を押さえる。そういえば彼が休職したとき、お兄さんが看病に来ていたんだっけ。それで訪問を断られたと、主任が前に言っていたような。

言い出した手前、後に引けなくなったらしく、辰見さんは私に自身の兄のことを話した。

「俺にも二つ年上の兄がいて、子どもの頃から勉強もスポーツも敵《かな》わなかった。——まぁ、今年の五月に死んじまったんだけどな」

「えっ！」

急に驚くべき事実を告げられ、私は言葉を失う。が、驚くのはまだ早かった。

「俺達、地元は北海道なんだけど、兄は東京で就職して、俺は大阪。兄と同じ場所に行くのも嫌だったけど、地元に残るのも嫌だったんだ。俺、自分の親が大嫌いだったから……。そんな俺に対しても、休職したとき兄は毎週末欠かさず東京から様子を見に来てくれたよ。それで五月の連休中、前半は俺の家にいたんだけど、後半は実家に顔を出すと言って地元に向かった。もともと帰省する予定はなかったらしいけど、俺の無事を親に伝えたいからって言って。そして地元の神社の近くで交通事故に遭《あ》ったんだ」

「――それって」

北海道。神社。交通事故。

たったそれだけの言葉だけど、ある人物を連想させるには十分だった。

「初音紅神社《はつねこう》のこと？」

辰見さんが目を見開く。

「どうしてあの神社のこと知ってるんだ……？」

紅葉《くれは》さんとの通信が途絶えたときのことを思い出した。あの日は学務課のミーティングがあり、事務室に戻る前に木虎主任と話をした。通信が切れたのはその直後だった。

再び紅葉さんと話せたのは何日も経《た》った後で、それが最後の会話になった。紅葉さんは言った。通信が途絶える直前、私と主任が会話をしている最中に、生前のことを思い出したと。紅葉さんが記憶を取り戻すきっかけになった、主任との会話の内容は——辰見さんのことだった。

私は確信した。辰見さんは紅葉さんの弟だ。

その週末、私はあることを思い立って、中之島《なかのしま》図書館を訪れた。

図書館近くの遊歩道「みおつくしプロムナード」のケヤキ並木は紅葉の盛りを迎えている。冬がくれば木には電飾が施され、音楽が流れ、音色に合わせて色が変わるイルミネーションを見られるそうだ。

図書館の建物は異国との交流が盛んになった明治時代につくられたらしい。正面玄関に続く階段の下から、建物を眺めた。ヨーロッパの建築物のような左右対称。灰色の壁に、等間隔で並ぶ四角くて小さな窓。

私はゆっくりと階段を上っていった。太い円柱の柱で支えられた玄関前のポーチをくぐり、館内に入る。中央ホールは建物の外観よりもいっそう異国風だった。木製の手すりがついた広い階段。壁や柱のところどころに灯《とも》る球形のランプ。ドーム型の天井は、中央部分がステンドグラスの天窓だ。降り注ぐ光がランプの明かりと折り重なって、ホール全体を幻想的に照らし出している。

木の手すりをつかみながら階段を上り、二階のデジタル情報室に向かった。無料で新聞記事や論文などのデータベースを閲覧《えつらん》できる部屋だ。

データベースには、いくつかの新聞の北海道版も入っているようだった。その中の一つを選び、範囲を今年の五月に指定したうえで、神社のある町名と「事故」「死亡」などの言葉を合わせて検索をかけた。しかし、辰見さんのお兄さん――紅葉さんが命を落とした事故についての記事は見つからなかった。

ひょっとすると他の新聞なら載っているのかもしれない。が、人が命を落とした事故であっても、大きなニュースにならないことの方が多いのだろう。そう思うと、いつだったか紅葉さんの言っていたことが身に染みて苦しくなった。「誰か一人がいなくなっても、世界は変わらず回り続ける」――

紅葉さんの死を知っている人は、この世界に何人いる？　五年、十年、そして五十年後、彼を覚えている人は何人いるだろう。

どうして初音紅神社を知っているのかと辰見さんから聞かれたとき、私はとっさに「ネットで見たことがあった」とだけ答えた。一応嘘《うそ》ではないが、私が紅葉さんとの出来事を誰かに話すことは、今後一生ないだろうと思った。

私自身は紅葉さんと別れてから、彼のことを思い出さない日は一日もない。思い出す度に胸が苦しくなる。けれど、この苦しみも時間と共に薄れていくのだろうか。

「本当にもう、忘れられていくだけなの……?」

少しだけ泣き、涙が引くのを待ってから部屋を後にした。建物を出て帰ろうとしたところ、正面入り口横の地面に四角い水盤のようなものが設置されていた。中には石碑《せきひ》が置かれている。私はその場でしゃがみ、石碑に刻まれた文字を読んだ。

【 難波津《なにわづ》の　まなかに植ゑし　知慧《ちえ》の木は　五十年《いそとせ》を経《へ》て　大樹となりぬ 】

スマホで調べてみたところ、これは図書館創立五十周年時に寄せられた歌だということがわかった。五十年という時の流れを歌った歌人の思いを想像してみる。この図書館を生み継承してきた先人達への敬意と、引き続き後世に残したいという強い意志が込められているように感じた。

人一人の命は短く、いなくなっても世界は変わらず回り続ける。だけど――

石碑を手でそっと撫《な》でた後、私はまた立ち上がった。

＊

夏からずっと準備に関わってきた二学年の外部病院での実習は、大きなトラブルもなく終了した。そして十二月。実習施設ごとのグループに分かれて実習内容を報告するという発表会が開催される。

発表時に資料を配付したいグループは、発表会前日の事務局閉室時刻までに、学務課に資料の原本か電子データを提出する。提出を締め切った後、辰見さんと一緒に事務室横の印刷室に入り、集まった資料を学生の人数分印刷していった。

「ヤバい。印刷機、急にエラーが出て動かなくなった」

「紙詰まりかな」

私がのんびりとモニターのエラー詳細表示ボタンを押そうとする間に、辰見さんは印刷機の扉という扉を全て開け放してしまった。どうも私とこの人は、物事の進め方のペースが合わなさすぎるようだ。

「お、原因発見」

相変わらず仕事の速い辰見さんは、印刷機に巻き込まれた用紙も早々に見つけ出した。

辰見さんと二人でいると、彼のお兄さんの話を思い出してしまう。どうしてもあの話の続きがしたくて――紅葉さんのことを知りたくて――私は思い切って尋ねた。

「辰見さんのお兄さんって、どんな人だったの？」

返ってきたのは少し意外な事実だった。

「何でもできる人気者だった。けど、いつもどこか寂しそうな顔をしてたな」

辰見さんは機械に資料の原本をセットし、印刷開始のボタンを押す。機械の中で読み込みの音が鳴り出すと同時に、彼は兄の子ども時代について話し始めた。

「前に言ったとおり、勉強もスポーツも完璧で、俺は全く歯が立たなかった。親はもちろん、周りの大人からも子どもからも、ちやほやされることが多かった。だけど、兄が頑張って何かの結果を出したとき、両親はいつもこう言ったんだ。『お前は本当に凄い。それに比べて――』」

その先は聞かなくてもわかった。辰見さんの顔が、幼い頃の自分と重なって見えたからだ。親に認められず、自分を役立たずだと思ってしまう子どもの顔。

だけど辰見さんによると、褒められている側の紅葉さんも寂しそうな顔をしていたという。それは自分が頑張れば頑張るほど、比べられる弟を苦しめるからだろうか。

「兄は本当に何でもよくできた。だから……ちやほやされることも多かったけど、嫉妬《しっと》する連中から攻撃も相当受けてたんだ。人気はあったけど、気を許せるような親友は一人もいないように見えた」

辰見さんは自身の知る限りでいくつかのエピソードを語った。中学時代、授業で教師の間違いを指摘したら、腹いせに成績を改ざんされそうになったこと。高校時代、学校で一番可愛《かわい》いと評判の女子から片想いされていて、一部の男子から嫌がらせを受けていたこと。それでも紅葉さんは弱音を吐いたことすらなかったという。

大学からは進路が分かれたため、それ以降の紅葉さんの状況については、辰見さんもよく知らなかったらしい。ただ、寂しそうな顔はずっと変わらなかったそうだ。

「俺に対して、いつも兄はお節介すぎるくらい構おうとするんだ。休職したのを知って看病に来ようとしたとき、最初は断った。身体《からだ》が動かなくたって、食料でも何でも通販で買えるから大丈夫だって言って。だけど兄のやつ、強引に押しかけてきて、あれこれ世話を焼いてくるんだ。ちょっと鬱陶《うっとう》しかったけど、助かったのは事実だな。それで帰り際に『ありがとう』って言ったら、あいつ、凄く悲しそうに笑って――」

紅葉さんはこう言ったそうだ。

『生まれて初めて、お前の――人の役に立てたような気がする』

いつだったか、紅葉さんの言った言葉を思い出した。自分の本心は人に勝つことよりも「ありがとう」と言われることの方に深い幸福を感じる、という言葉だ。私と紅葉さんは似た者同士だったのかもしれない。頑張っても誰の役にも立てないという、同じ悩みを抱えていた。

「俺、五月の半ばには復帰する予定だったんだぜ。だけど兄が死んで、最初倒れたとき以上に身体が起き上がらなくなっちまった。情けねぇの」

「そんなことないよ」

突然扉がノックされて、私達は会話を止めた。

「手伝おうか」

扉を開けて入ってきたのは木虎主任だった。腕時計を見ると、午後八時を回っている。資料は全て刷り終わり、あとは明日配付しやすいように仕分けて学務課のキャビネットに入れるだけだ。主任も加わり、三人で最後の作業を行った。

「あ、これって」

主任があるグループの発表用資料を見て、嬉《うれ》しそうに反応した。

「どうしたんですか？」

「この発表用資料、犬牧と一緒に打ち合わせに行った、南里《みなみさと》病院のグループだ」

主任に差し出され、資料に目を通してみる。当初は外科系なのに女子学生しか受け入れられないと言われて困惑したが、紅葉さんのアイデアで女子学生により興味を持ってもらえそうな実習内容を提案することができたのだ。そのおかげか、実習先を決める際の希望調査では、予想より多くの女子学生が第一希望に南里病院を書いて提出してきた。

学生の作った発表用資料には、消化管外科の実習内容に加え、矯正医官《きょうせい》の先生から聞いた話や、南里病院での多様な働き方推進の取り組みについてもまとめられていた。資料の最後には学生一人一人の感想が載っていて、中には「矯正医官に興味を持ったので、さらに調べてみたい」と書いている学生もいた。

「犬牧のアイデアが、この子の将来を変えるかもしれないな」

「……そうですね」

私のアイデアではない。

あの頃は毎日、紅葉さんが私にアイデアや指示を出してくれていた。彼はもういないけれど、彼の行いはきっと、彼が思っている以上に様々な人に影響を与えたはずだ。

事務室に戻ると、学務課は私達以外誰も残っていなかった。他の部署を見渡しても、退勤した人がほとんどだ。自席に戻ったところで、隣から辰見さんが声をかけてきた。

「そういえば、これは就職祝いで兄から貰ったんだ」

彼が手にしていたのは、休職中もずっとデスクの上にあったキツネの置物だった。

やっぱりそうだったんだ、と言いそうになるのを何とかこらえた。前に紅葉さんがこの置物を見たとき、しっぽの付け根に溝《みぞ》が入っているというだけで、取り外すとボールペンになることを見抜いた。あのとき彼は生前の記憶を失くしていたが、心のどこかで弟への贈り物のことを覚えていたのかもしれない。

辰見さんはしっぽのボールペンを取り外し、くるくる回しながら言った。

「兄が俺に与えたのは、このキタキツネ型のボールペンと、負けず嫌いな性格。兄に負けたくない一心で、妙な頑張り癖がついちまった」

辰見さんは少年のような笑みを見せる。しかし、休職中は本当に辛かったそうだ。

辰見さんにとって仕事は楽しく、学生は可愛かった。膨大な業務を負わされても、辞めたいと思ったことは一度もないという。だからこそ身体を壊したことがショックであり、何もできない自分を責める気持ちは日に日に大きくなっていったらしい。

『早く復帰したいのに身体が動かない』

そんな辰見さんに対して、紅葉さんは身の回りの世話をするだけでなく、優しい励ましの言葉をかけ続けた。

『何もできない時期があったっていいじゃないか。人間にはそういう時期が必要だ。今は思い切り自分を甘やかして――そしてまた、歩き出せばいいんだよ』

私は涙が出そうになった。生前の紅葉さんの言葉が、ケーキ屋で私を励ましてくれたときの言葉と全く同じだったからだ。

「辰見さん。私、辰見さんの仕事速いところとか、学生と気軽に話せるところとか、凄いなっていつも思ってるよ」

「何だよ、急に」

「結局シラバスの作成も、私の担当分手伝ってもらってるし……」

事務は丁寧な仕事が求められるため、進め方に慎重になりすぎる人も多い。それで時間が足りず、結果的に業務が回らなくなることも。そんな中、ちょっと大雑把なところはあっても、彼のようにぐいぐい仕事を進めてくれる人の存在は貴重だと思う。

「犬牧さん、ときどき兄みたいな褒め方するんだよな」

辰見さんは少しどぎまぎした様子でつぶやいた。褒められ慣れていない感じが、紅葉さんと出会った頃の私に似ている気がした。

キツネのしっぽのボールペンを見つめながら、私は心の中で紅葉さんに向かって言った。

紅葉さん、あなたはきっと、弟さんを笑顔にさせたかったんだよね。私、あなたから学んだことを忘れずに、これからも辰見さんと、それにチームの皆と一緒に頑張っていく。それがあなたへの恩返しになると信じているから。

――――と、思ったのだが。

いやいや、ちょっと待て。私は大きな勘違いをしているかもしれない。

北海道。神社。交通事故。このキーワードだけを聞いて、私は辰見さんが紅葉さんの弟だと思い込んだ。

しかし、だ。私と初めて出会ったとき、紅葉さんはこう言っていた。神社の紅葉に見とれてぼんやりしていたのがいけなかった、それで神社を出てすぐ、赤信号に気づかず事故に遭ったのだと。

ということは、紅葉さんが亡くなったのは紅葉が見ごろの季節であるはずだ。一方、辰見さんのお兄さんが亡くなったのは五月。どう考えても時期が合わない。いつだったか、学務課に電話をかけてきた学生の保護者も言っていたじゃないか。春にどうやったら紅葉が見られるっていうの、って。同じ神社の近くで亡くなったのは事実だとしても、辰見さんのお兄さんと紅葉さんは別人なのでは……？

二人を完全に同一人物だと思い込んでいた、今までの自分の思考が恥ずかしくてたまらない。「紅葉さん、私達は似た者同士だったのね」なんて……痛い、痛すぎる。

あまり考えないようにしよう。と、心がけるまでもなかった。それからあっという間に、私達のチームは繁忙期に突入した。

＊

繁忙期にあたる十二月から二月は、聞いていたとおり大変だった。四学年の二大試験であるＣＢＴやＯＳＣＥ《オスキー》の準備に、来年度のシラバスの作成。もちろん通常どおり講義や実習もあるため、そちらの対応も手を抜けない。

連日夜遅くまでの残業が続いた。どんなに帰りが遅くなっても、学舎を出た後、ふと顔を上げると隣の附属病院の窓にはいつも明かりが灯っていた。自分が医科大学で働くようになるまではそれほど意識したこともなかったけれど、昼夜問わず働いている医療従事者の方々のおかげで、私達は安心して暮らすことができているのだ。

復職後最初の一ヶ月は残業が禁じられていた辰見さんも、繁忙期に入る頃には皆と同じくらいの仕事量をこなすようになっていた。少し心配だったが、主任いわく「去年の今頃よりずっと元気」とのこと。

「犬牧が仲良くやってくれてるおかげかもな」

「え？」

「犬牧と一緒にいるとき、辰見のやつ、やけに楽しそうやから」

主任。はんなり京都弁で、辰見さんとの仲をからかうのはやめてください。私はあなた一筋です……！

四学年の二大試験――学科試験のCBT、次いで実技試験のOSCE――は慌ただしく過ぎ去った。OSCE前の対策授業では、物品の運搬《うんぱん》中に牛尾《うしお》さんがアンドロギュノスと名付けられたマネキンを落としそうになったが、辰見さんが素早く支えて事なきを得た。

繁忙期の峠《とうげ》を越えた二月末の金曜日。CBTとOSCEの打ち上げも兼ねて、チームの皆で飲みに行った。場所は大学近くの大衆居酒屋だ。入職以来、事務局全体や学務課での歓送迎会等はあったが、それ以外で職場の人と飲みに行くのは初めてだった。

「もー、旦那《だんな》ホンマに面倒臭《くさ》いんやけど」

牛尾さんは隣に座っている兎月さんに肩を寄せ、「一緒に写ってもらえますか」とスマホで自撮りしようとする。旦那さんが極度の心配性で、飲みに行くときは誰と一緒にいるかがわかるよう写真を送ってくれと言われているらしい。

「牛尾ちゃん美人だから、変な男に絡まれないか心配なのよ」

「そうですよ。旦那さん、ハイスペックで弁当まで作ってくれるんでしょ？　ちょっとくらいの束縛は我慢してください」

兎月さんと猪谷《いがや》さんに両側からなだめられるが、牛尾さんの顔は怒りで真っ赤だ。いや、単に酔っているだけかもしれないが。座敷の上であぐらをかき、ジョッキ入りのビールを一気に飲み干した。

「主任、教えてください。どうして男性は束縛するんですか？」

「えぇっ？」

「主任は束縛するタイプじゃないっしょ」と辰見さんが言い、すかさず猪谷さんが「辰見くん、めっちゃ束縛しそうなタイプに見えるわ」とツッコむ。皆、仕事中には見せないようなリラックスした表情をしている。学生達の会話と同じくらい、ささいなことで大笑いする。だけど学生と違うのは、食べ呑《の》み放題でもないのに、値段もろくに見ずどんどん注文すること。これが社会人の特権なんだなと実感しながら、私は慣れていないビールをちびちびと飲んだ。

飲み会の終盤、辰見さんがスマホに保存されたお兄さんの写真を見せてくれた。まだ辰見さん達が大学生の頃、親戚で集まったときに撮った写真だという。そこには親戚の子どもらしい赤ん坊を抱っこして微笑《ほほえ》む絶世の美男が写っていた。

名前は翔太朗《しょうたろう》さんというらしい。

「私、こんな人と通信しながら仕事してたの……？」

「はい？　何言ってるんだよ。犬牧さん、酔ってんのか？」

「あ、いや。何でもない」

そうだ、と正気に戻った。紅葉さんは辰見さんのお兄さんではないのだ。

紅葉さんの「ははっ」という笑い声が心の中によみがえり、懐かしさに浸りそうになった。しかし同時に、私はあることに気づいてしまった。私、ここ数日間、紅葉さんのことを一度も思い出さなかった……。

飲み会の帰り、無性に一人で夜の中を歩きたくなった。一駅分だけ歩こうと決め、自宅のある天満橋《てんまばし》の一つ手前、なにわ橋という駅で下車する。

川沿いにはときどき真冬の冷たい風が吹いたが、ほろ酔い状態だからか、身体はむしろ熱っぽい。向こう岸に並ぶビルにはまだたくさん明かりがついていて、川の水面に光が映り、揺らめいている。あの光のうち一つが消えても、ほとんどの人が気づかないまま、世界は回り続ける。

紅葉さんは言った。自分がいなくなっても職場は回っているだろうと。この世界で誰か一人がいなくなって、大なり小なり穴は開いても、時間が経てばその穴は必ず埋まるようにできているのだと。

そんなの寂しいと、あのとき私は彼に言った。だけど実際、紅葉さんのことを考える時間が、月日を重ねるごとに短くなっている。

「寂しい……」

そのとき、鞄《かばん》に入れているスマホが振動した。見ると、大学時代の友人四人組のＬＩＮＥグループにメッセージが届いていた。

【久しぶりー！　元気？】

返事を打とうとするが、他の二人の方が速い。

【元気だよ～】

【私も！　皆元気そうで何より】

皆同じ学部で、当時はよく遊んでいたメンバーだ。卒業以来一度も会えていないが、ときどき誰かがこんな風にメッセージを送ると、大学時代に戻ったようなノリで会話が弾む。

しばらくやり取りが続いた後、一人がこんな提案をした。

【春の連休、もし予定空いてたら旅行でも行かない？】

いいね、行こうとすぐに満場一致で旅行は決まった。ゴールデンウイークは早めにホテルなどの予約を入れないと間に合わないということで、企画は急ピッチで進んでいった。

行先は偶然にも北海道になった。

*

五月上旬の北海道は、朝晩はやや冷えるものの、日中は晴天も相まって過ごしやすかった。四人全員のスケジュールが合うのは三日間だけだったので、二泊三日の少し慌ただしい旅行になった。

私以外の三人は神奈川の地元や東京で働いているが、仕事の話はほとんどしなかった。全員デスクワークなのでこれを機に身体を動かしたくなったためか、乗馬やセグウェイ、カヌーなどのアクティビティを思い切り楽しんだ。

けれど最終日になって、私はどうしても一度あの神社に行ってみたくなった。

「灯《とも》ちゃん、免許持ってないし運転できないじゃん」

「レンタカーなしで行けるの？」

「観光スポットでもないみたいだけど、どうして行きたいの？　何かの聖地とか」

朝一で別行動を申し出ると、三人は不思議そうな顔で口々に言った。

私は三人に向かって手を合わせる。

「本当にただの個人的な事情なの。電車とバスを乗り継いで行けるみたいだし、帰りの飛行機の時間までには必ず合流するから。ね、お願い」

三人は軽く顔を見合わせた後、ふふっと笑いながらうなずいた。

「灯ちゃんが頼み事するなんて珍しい」

私は三人にお礼を言った。そして朝食もとらないまま、ホテルを飛び出して駅へと急いだ。

神社の最寄り駅から二十分ほどバスに揺られ、下車した後は、しばらくゆるい上り坂が続いた。鳥居の前に辿《たど》り着いた瞬間、私は目を見張った。

紅葉さんの言っていたとおり、小さな神社だった。鳥居の向こうに、拝殿へと続く真っ直ぐな参道が見える。そして——参道の両側に並ぶ木が、見事に紅葉していたのだ。

一礼して鳥居をくぐり、夢見心地で参道の端をゆっくりと歩いた。頭上を枝葉が行き交っている。葉の色は燃えるような赤ではなく、薄いオレンジや黄色が多い。瞬《まばた》きする間に褪《あ》せてしまいそうな、儚《はかな》く美しい色だった。

私は拝殿の前に立った。二拝二拍手の後、そのまま手を合わせて目を閉じる。

そして神社アプリで通信していた頃を思い出しながら、心の中で紅葉さんに向かって呼びかけた。

（紅葉さん、久しぶり。こちらはもう春です。――あなたとお別れしてから、初めて迎える春です）

季節外れのように思われる参道の紅葉は、もしかするとこの神社が私に見せている幻《まぼろし》なのかもしれない。だとしたら、不思議な力はまだ残っていて、私のこの声が紅葉さんに届いている可能性もある。

（私達のチームは兎月さんが派遣の契約満了で退職して、後任の方が入りました。それ以外のメンバーは変わりなしです。昨年度末は、辰見さんと一緒に「猿渡課長に目を付けられてるから、二人そろって異動かも」なんて言ってたの。余計な心配だったかな。

課長は相変わらず厳しいけど、あのミーティング以降、嫌がらせのようなことはしてこなくなりました。有馬《ありま》先生の前で恥をかいて懲《こ》りたのかもしれないし、私や主任と話して少し考えが変わったのかも）

ミーティングで紅葉さんに助けられたことを思い出す。課長に怒りをぶつけそうになった私を、彼が止めてくれた。

（あのときは本当にありがとう。だけど私、紅葉さんに一つ言いたいことがある。あのとき紅葉さん、「灯子《ともこ》も怒るんだな」って言ったよね。私、実はいつも、色々なことに対して怒ってる。凄く怒ってるのよ）

風は少しも感じないのに、どこからか木の葉の擦れ合う音がする。

（お父さん、どうして外の人とはあんなに明るく話すのに、お母さんや私とは一言も話そうとしないの？　お母さん、どうして私にばかり愚痴《ぐち》をぶつけるの？　お父さんにはどんなに無視されても、にこにこ笑って声をかけるのに……。ケーキ屋で会った同級生と両親も酷《ひど》い。私の、私たち家族の苦しみが理解できないのなら、他の人にペラペラ喋《しゃべ》らないで！　――それに、いくら身を守るためとはいえ、今でも家族と距離を置くことしかできていない自分自身に、一番腹が立っているの……！

昔、猿渡課長に嫌がらせをしたという人達。その人達がいなければ、課長は「苦しみに耐えられない者は社会に必要ない」なんていう極端な考えを持たなかったかもしれない。そして課長、どうして辰見さんを追い詰めたの？　辰見さんが倒れなかったら、彼のお兄さんは帰省していなかった。事故に遭わずに済んだかもしれないのに。

紅葉さんのことだって……どうしてあなたみたいな人が、死ななければならないの？　意味がわからないよ、わかりたくもない！）

私は歯を喰《く》いしばる。

木の葉のざわめきは一瞬大きくなった後、次第に収まり、無音になった。

（だけど、怒っているだけじゃ駄目なの。理不尽なことは絶えないけど、そんな中で自分に何ができるかを考えて、毎日を生きていくしかないの。

私は、誰かの役に立てるようになりたいと願っていた。幼い頃から、ずっと。だけど、お母さんを助けることができなかった。社会に出ても失敗ばかりだし、いつになっても役立たずだった。それならいっそ、私なんて何もしない方がいい。何もしたくない。誰かに代わってほしい。そんな風に思ってた。──紅葉さん、あなたに出会うまでは。

初めてだったの。失言しても、「ははっ」って、笑って済ませてくれるということが。失敗しても、その過程の中に私のいいところを見つけてもらえるということが。「長所は長所」って言ってくれたときは、泣きたくなるくらい嬉《うれ》しかった)

思い出すと、今も涙が出そうになる。

(今はもう、私だけが失敗を恐れているわけじゃないってわかってる。私だけが苦しいわけじゃないってこともわかってる。主任も過去に色々あって、部下との接し方に悩みながらも、私と向き合い続けてくれた。皆それぞれに、どうするのが最善か、何が正しいのかわからない社会の中で、自分にできることを探して生きているの。だから私も、もう誰かに代わってほしいと思うのはやめる。失敗を怖がりすぎて萎縮《いしゅく》するのもやめる。

私にできることは、あまり多くないかもしれない。だけど、たとえ百回失敗しても、たった一度でも、誰かの人生にささやかな光を与えることができれば……それはとても素晴

らしく、幸せなことだわ）

全部紅葉さんが教えてくれた。だけど、もうお別れだ。

（紅葉さん。私、最近はあなたのことを思い出す時間がどんどん短くなっているの。だけど今みたいに、ふとした瞬間に、苦しいほど胸が締め付けられたりもするのよ——。あなたと過ごした時間は私の人生の誇りであり、眩《まぶ》しいほど強い光なんです。

だからもう、自分の代わりなんていくらでもいると思わないで。代わりはいません。あなたは唯一の人です）

私はゆっくりと目を開けた。

「お嬢さん」

突然横から声がした。振り向くと、袴《はかま》を着た背の低い老人が私に向かって微笑んでいた。

この神社の神主さんだろうか。

「えらく長い時間拝んでいましたねぇ」

「は、はい」

この際だからと思い切って、私は神主さんに参道の並木のことを聞いてみた。葉が色づいて見えているのは、幻ではなかったようだ。今の季節に紅葉しているのには、ちゃんと理由があるらしい。

「北国の広葉樹の中には、秋だけでなく春にも紅葉する品種があります。気温が低く光合成の不十分な期間が長いため、春でも葉の緑色が薄く、赤や黄色といった別の色素が現れるんです」

　参道の方から鶯《うぐいす》の鳴く声が聞こえた。春を告げる鶯の声と、木々の紅葉が同じ時期に訪れることから、この神社には「初音紅」という名前が付いたそうだ。

　私は参道を振り返った。紅葉さんがこの神社を訪れたのは、春なのだろうか。それならやはり、彼の正体は、辰見さんの――

「この神社、景色が綺麗《きれい》なので地元ではデートスポットにもなっているんですよ。お嬢さん、恋人は？」

「え？　い、いません」

「それなら願掛けしておきなさい。この神社は縁結びに御利益《ごりやく》がありますから」

「……縁結び？　あの、ここは仕事に御利益のある神社では」

　ぽかんとする私に、神主さんは説明してくれた。

「メインは縁結びで、仕事の御利益はあくまで付随《ふずい》的なものです。どんな仕事も、ご縁がなければ上手《うま》くいきませんからね」

　鶯の初音と紅葉がこの地で出会うように、普通に考えると起こり得ないような奇跡的な縁が実現することもある。初音紅神社の名前には、そんな意味も込められているらしい。

そして、続く神主さんの話から、私は思いがけない事実を知ることになる。

「この神社は、ときどき『参拝した者同士を引き合わせ、互いの願いを叶えさせる』こともあると言われています。実際にこの神社で仕事の成功を願った者同士が、取引先として出会い上手くいったということもあるようです」

「参拝した者同士を引き合わせ、お互いの願いを叶えさせる……」

頭の中にある考えが浮かび、とっさに神主さんに尋ねた。

「もし願いが叶う前に死んでしまったら、その人の霊魂《れいこん》と、生きている別の参拝者が引き合わせられることもあるのでしょうか」

神主さんは少し不思議そうな顔をしたものの、うーんと考える素振りを見せた後、こう言った。

「ないということは言い切れないでしょうね。強い願いがあって、それが叶わないまま亡くなった場合、未練を残した魂《たましい》がこの世をさまようといいますから。その魂と生きている人間が引き合わせられ、互いの願いを叶え合うことができれば……魂は思い残すことなくあの世へ行けるのではないでしょうか」

私は神社アプリの絵馬に願い事を書いた直後、既《すで》に亡くなっていた紅葉さんの魂と繫《つな》がったのだ。

神主さんの話が本当なら——紅葉さんは私の願いを叶えるため、そして私は未練を残してあの世へ行けずにいる紅葉さんの願いを叶えるために、二人は引き合わせられた？

最後に話をした夜、生前の記憶を取り戻した紅葉さんは言っていた。自分の願いは恥ずかしくて言えないが、必ず叶うという確信が持てると。

だから彼の魂はあの世に旅立ったのだろうか。

私は思い切ってもう一つだけ、神主さんに尋ねる決意をした。

「あの……去年の五月頃に書かれた絵馬って、まだ残っていますか？」

初音紅神社に奉納された絵馬は、一年ほど専用の絵馬掛所に掛けられた後、古いものから順に外されるらしい。去年の五月頃であれば、まだ外されずに残っているだろうとのことだった。

神主さんは絵馬掛所まで私を案内してくれた。木製の簡素な絵馬掛けは、私の部屋の扉くらいの大きさしかない。雨除けの屋根の下に、五段に分けて掛けられている。

近づいてみると、一つの箇所に数枚の絵馬が重ねて掛けられていることに気づく。私はその一つ一つを手に取りながら、紅葉さんの書いた絵馬を探した。

数が多すぎるとも思ったが、手掛かりはある。最後の通信のとき、紅葉さんは私と同じくらい他人任せな願いを書いたと言っていた。

一段目の絵馬を見終わり、二段目に入ったとき、ぱっと目を引くものがあった。力が入って強い筆圧で書かれているようなものが多い中、とても繊細で美しい文字だったからだ。

フックから絵馬を外し、透徹した春の空にかざした。

【　弟を助けてくれる人が現れますように　　辰見 翔太朗　】

くすっと笑ってしまった後、ふいに涙が出そうになった。紅葉さん――翔太朗さん、本当に弟さんのこと大好きだったのね。

大丈夫。元気にやってるよ。何かあったら私が助けます。

紅葉さんの願いを絵馬掛けに返した。神主さんにお礼を言い、その場を後にする。

紅葉に覆《おお》われた参道をゆっくり戻って、鳥居をくぐろうとしたとき、どこからか懐かしい声が聞こえた。

《ありがとう》

（こちらこそ）

薄紅《うすべに》色の一枚の葉が、暖かな風に乗って私のところへと運ばれてきた。頭上でくるりと旋回《せんかい》した後、髪の上に舞い落ちる。

鞄の中から、新年度になって買い替えたばかりの手帳を取り出した。

髪から外した葉は、表紙の裏にそっと挟んで仕舞っておくことにした。

※この作品はフィクションです。実在の人物・団体・事件などにはいっさい関係ありません。

集英社オレンジ文庫をお買い上げいただき、ありがとうございます。
ご意見・ご感想をお待ちしております。

●あて先
〒101-8050　東京都千代田区一ツ橋2-5-10
集英社オレンジ文庫編集部 気付
遊川ユウ先生

マイ・ゴースト メンター

新卒3ヶ月目の奇跡

集英社
オレンジ文庫

2022年1月25日　第1刷発行

著　者　遊川ユウ
発行者　北畠輝幸
発行所　株式会社集英社
〒101-8050東京都千代田区一ツ橋2-5-10
電話【編集部】03-3230-6352
【読者係】03-3230-6080
【販売部】03-3230-6393（書店専用）
印刷所　凸版印刷株式会社

ISBN 978-4-08-680432-5 C0193

瑚池ことり

リーリエ国騎士団とシンデレラの弓音
―希望を結ぶ岬―

新王選出の代理競技後、王冠が消え
リヒトが失踪した。陰謀劇の裏で
ニナのひとりぼっちの戦いが始まる!!

集英社オレンジ文庫

仲村つばき

神童マノリト、お前は廃墟に座する常春の王

史上初の女性王杖に就任したエスメ。
修業のため、友好国ニカヤに滞在する
ベアトリス女王を訪ねるが…？

―――――〈廃墟〉シリーズ既刊・好評発売中―――――
【電子書籍版も配信中　詳しくはこちら→http://ebooks.shueisha.co.jp/orange/】

廃墟の片隅で春の詩《うた》を歌え 王女の帰還
廃墟の片隅で春の詩《うた》を歌え 女王の戴冠
ベアトリス、お前は廃墟の鍵を持つ王女
王杖よ、星すら見えない廃墟で踊れ
クローディア、お前は廃墟を彷徨《さまよ》う暗闇の王妃